王牌代理师·大凤未来

[日] 南原 咏 著

枯山水 译

SPM 南方传媒 | 花城出版社

中国·广州

图书在版编目（CIP）数据

王牌代理师.大凤未来 / （日）南原咏著；枯山水
译. — 广州：花城出版社，2023.5
ISBN 978-7-5360-9877-0

Ⅰ. ①王… Ⅱ. ①南… ②枯… Ⅲ. ①推理小说—日
本—现代 Ⅳ. ①I313.45

中国国家版本馆CIP数据核字(2023)第022305号

合同版权登记号：图字19-2022-190号
TOKKYO YABURI NO JYOO TAIHOMIRAI
by
EI NANBARA

Copyright © by 2022 Ei Nanbara
Original Japanese edition published by Takarajimasha，Inc.
Simplified Chinese translation rights arranged with Takarajimasha，Inc.
through East West Culture & Media Co.，Ltd.，Tokyo Japan
Simplified Chinese translation rights © 2022 by Guangdong Flower City Publishing Co.，
Ltd.China

出 版 人：张　懿
作　　者：南原咏（南原　詠）
译　　者：枯山水
责任编辑：刘玮婷　蔡　宇　徐嘉悦
责任校对：梁秋华
技术编辑：凌春梅
装帧设计：小　斌

书　　名	王牌代理师.大凤未来 WANGPAI DAILISHI. DAFENG WEILAI
出版发行	花城出版社 （广州市环市东路水荫路11号）
经　　销	全国新华书店
印　　刷	深圳市福圣印刷有限公司 （深圳市龙华区龙华街道龙苑大道联华工业区）
开　　本	880 毫米 × 1230 毫米　32 开
印　　张	7.75　2 插页
字　　数	141,000 字
版　　次	2023 年 5 月第 1 版　2023 年 5 月第 1 次印刷
定　　价	49.80 元

如发现印装质量问题，请直接与印刷厂联系调换。
购书热线：020-37604658　37602954
花城出版社网站：http://www.fcph.com.cn

目 录

第一章

从夺取方摇身一变为守护方

1

左右三重县多气町经济走向的，是一家替夏普代工生产中小型液晶电视的工厂。

工厂名为"龟井制作所"，虽然其体量较之夏普集团如同芥子一般微不足道，但这家电子公司好歹在多气町拥有自己的液晶电视厂房和仓库。

大凤未来此刻正驾驶着通过共享租车服务租来的轻型车一路疾驰。她此行的目的地，正是龟井制作所的仓库。

沿着国道42号线前进的同时，未来不经意瞥了一眼后视镜。

一头披肩的发丝正微微随风摇曳。由于从宾馆出来得太匆忙，此刻张牙舞爪的乱发全无发型可言。刘海下方的双眼布满血丝，甚至还有些面泛潮红。

由于昨夜整晚都在潜心研读专利公告和审查经过，还在网上查了各种相关信息，此刻的她皮肤状态非常之差。

导航显示屏上出现了龟井制作所多气町工厂的外观。未来打了一下方向盘。

"还是头一回听说专利权人在发出警告函次日就找上门的。如果是常规专利纠纷，一般都得花上不少时日慢慢走流程，看来对方也有点着急了嘛。"

“嘎吱”——轮胎发出一声惨叫声。

进入工厂区域后，未来在仓库附近随便找了一个地方停车。

路边已经停了三辆车。白色的面包车后座上堆满了各种施工工具，轻型卡车的货箱侧面有一处巨大的凹陷，黑色的奔驰在阳光下闪闪发光。

未来下车的同时还细细打量了一番那辆奔驰。随后她驱动自己的双腿，朝着仓库全速进发。

仓库的面积大约有三百坪①，锈迹斑斑的侧拉式正门此刻半开着。

室内正传来怒吼声。

未来双手用力推开正门，阳光随之照进昏暗的仓库内部。

扁平的纸箱堆积如山，　直堆到了天花板。那些多半是液晶电视的库存。

仓库正中间站着一个高个儿男人。男子一头白发，身着白色西装和红色衬衣。

未来一眼就认出了此人——皆川电工的总经理，皆川龙二郎。

皆川此刻正揪着一名微胖男子的衣领，而这名微胖男

---

① 日本传统面积计量单位，1坪约合3.31平方米。

3

子，则是未来此次的委托人——龟井制作所的总经理，龟井道弘。

两人此刻正被皆川的诸多部下团团包围，粗略一数至少也有十人之多。这些人个个目露凶光，身上穿的是水蓝色的工作服，看来都是皆川电工的员工。

这样看来，此次"登门拜访"，皆川多半是故意挑了一些面相凶狠的员工随行。

相比之下，龟井身后的龟井制作所员工仅有三人，而且都如同惊弓之鸟一般直打哆嗦。

未来当即高声喝道：

"龟井先生，您还好吗？如果实在撑不下去了，麻烦先将代理人手续费给结了！"

闻言，皆川和龟井两方的人员都将视线投了过来。

龟井带着哭腔回话道：

"大凤老师，您赶紧帮帮忙呀。皆川他们已经带人杀过来了，我之前给姚愁林律师打了电话，但怎么都打不通。"

"砰"一声！龟井整个人突然瘫倒在了地上。

皆川松开龟井的衣领，缓缓放下右手。

他瞪视着未来，一步步靠近：

"真有你的啊，龟井，我早就听说你还雇了代理人，好像还是专门处理侵权业务的律师事务所？先是盗用我们的技术，现在又雇人替自己开脱，好处都让你占尽了！"

对方或许是想给自己来个下马威，但未来不为所动，正经八百地开始自我介绍：

"我是此次代表龟井事务所的代理人，槲寄生专利法律事务所的专利代理师大凤未来。您就是发出专利侵权警告函的皆川总经理，对吧？"

未来从手提包中取出名片夹，麻利地递出名片。

皆川瞥了一眼名片，随后缓缓看向未来的脸：

"专利代理师？你不是律师吗？"[①]

"律师可以承接任何纠纷业务，与其说是专才，更接近于通才，而专利代理师就是主攻专利相关业务的专才。对此您有什么不满意的地方吗？"

皆川此刻的表情，仿佛已经将"怎么着都不满意"这几个大字写脸上似的：

"我们之前就已经警告过龟井家，他们侵犯专利权了，可这个死胖子根本没往心里去。迫不得已我才带人过来理论，为的就是让他们搞清楚状况。"

未来冷哼了一声：

"龟井先生昨日傍晚向我司进行了电话咨询。由于三重县没有能够应对此类事件的专利事务所和律师事务所，他只

---

① 日文中，"专利代理师"写作"弁理士"，而"律师"写作"弁護士"，两者发音、写法都较为接近，且对于普通民众来说，"弁護士"更为熟悉，所以皆川才会有此疑问。

得联系了远在东京的我司。收到联络之后，我们便连夜抵达了中部国际机场。"

龟井一边咳嗽一边站了起来：

"因为当时我就有不好的预感。各家法律事务所里，只有大凤老师你们家能够当天承接专利侵权业务，而且能全国到处飞——"

皆川突然怒喝道：

"龟井你给我闭嘴！现在是我在跟这丫头讲话！"

龟井制作所的员工个个面色惨白，大气都不敢出。

未来抱起胳膊，仰视身材高大的皆川：

"据我所知，警告函的回复期限是三天之后。但通常来说期限应该是两周到一个月，区区三天未免太短。这还不止，哪有专利权人在发出警告函的次日就带人杀上门来的道理？真的是闻所未闻。"

皆川皮笑肉不笑地回答道：

"在这之前我已经三番五次口头警告过龟井了。喂，动手。"

皆川一声令下，皆川电工的员工们马上动了起来。

皆川的部下们粗暴地从堆积如山的纸箱中抽了一盒出来。

见状，龟井顿时急了，喊道：

"快住手！那是昨晚生产线刚组装完毕的32型！"

皆川的部下们毫不理会龟井的嘶喊，如同给鸡拔毛一般，三下五除二地打开了纸箱。

呈现在众人眼前的，正是散发着黑色幽光的32英寸超薄液晶电视机。

未来瞬间感觉有点血气上涌，说道：

"即便是专利权人，也不可以为所欲为。"

皆川大大咧咧地挡在了未来面前：

"别担心，我可没打算搞破坏。既然你是昨晚才到的，应该还没有好好确认过侵权商品吧。本大爷很厚道的，现在就让你仔细瞧瞧他们侵权的证据。"

未来毫不示弱地高声回应道：

"请注意您的措辞。在诉讼判决下达之前，没人能称之为'侵权商品'。现在还只是警告阶段。"

皆川的部下们将电视机安装在了支架上。其中一人消失了片刻，回来时手上拿着不知从哪儿弄到的拓展线和蓝色网线。

乏味无趣的仓库中央，放置着龟井制作所生产的32英寸超薄液晶电视机。

皆川得意扬扬地回过头来，朝部下抬了抬下巴。

接通电源之后，漆黑的电视屏幕上开始出现龟井制作所的图标。

皆川用嗤之以鼻的语气说道：

"图标不重要，接下来才是重点。"

龟井制作所的图标消失后，随之出现的是由红、黄、绿、蓝四色构成的圆形图标——谷歌浏览器"Chrome"。

皆川的表情仿佛在说"鱼儿上钩了"。

"看到没？一接通电源，机器立马启动了网络浏览器。"

一名部下将遥控器递给皆川。

皆川一边操作遥控器一边继续说道：

"明白问题出在哪儿了吗？浏览器居然比电视节目先出现。你看，接下来就可以上网了。"

皆川熟练地用遥控器操作浏览器，画面上随之出现了新闻网站。他又随手点开一个网页链接，依然没有出现任何与电视节目有关的内容。

皆川点击了新闻网站"娱乐·体育"栏中的一条视频链接，立刻跳转至"YouTube"[①]页面。

浏览器的左上角能够看到四角圆滑的矩形与白色三角形所组成的图标。

画面突然散发出夺目的光芒。

电视的扬声器响起近期电视上某首热门歌曲的前奏，就连未来这么讨厌看电视的人都对其旋律有所耳闻。不仅是日本国内，这首歌目前已经红遍了整个亚太地区。

---

① 美国视频网站，可供用户下载、观看及分享影片和短视频。

画面中出现的，是从涩谷的东急涩谷蓝塔大饭店[①]俯拍的夜景。夜空之上万里无云，仅有一轮孤月茕茕孑立。

前奏的节奏逐渐加快，镜头也从夜空下摇到了屋顶。

此时画面摇晃了一下，随后，空无一人的屋顶上出现了一名女子，满头金发扎成两条辫子。

那是通过CG（电脑特效）生成的虚拟形象，名字似乎叫……天之川托莉？好像是一个所谓的"VTuber"[②]。

未来以前在某本书中看过，据说CG生成的人物形象，从方向性上来说可分为两种极端：要么极度接近真人，要么极度接近动漫角色。

天之川托莉的形象属于前者。

身着大红裙装的她顶着一副头戴式耳机，双目紧闭，用脚踩着节奏。很快，她全身都伴着节奏动了起来，发梢随风摇摆。

毕竟是龟井制作所刚刚生产完成的新品液晶电视，无论是夜景还是CG人物，都呈现出精细的4K画质。

龟井和龟井的部下，甚至连皆川的部下都忘我地沉浸在了美轮美奂的画面之中。

待前奏到达高潮，天之川托莉突然睁开双眼。

---

① 日本东京市涩谷区的地标建筑之一，高184米，地上41层，地下6层，为综合了宾馆、餐厅、写字楼功能的复合型高层建筑。

② 即Virtual YouTuber，早期主要指使用虚拟形象活跃于YouTube的视频上传者，后也用于指代虚拟主播、虚拟偶像。

紧接着画面陡然变暗。

皆川一脸不爽地呵斥部下们：

"一群蠢驴，我们是来优哉游哉看视频的吗？！"

皆川用发黑的手摆弄着遥控器，言之凿凿地对未来说：

"龟井这老小子生产的电视机所使用的技术，完全是照抄我们的专利。这绝对是专利侵权，没跑了。"

未来开始确认皆川电工的专利：

"一接通电源，在出现电视节目画面之前，首先显示网络连接画面。简而言之就是能够显示浏览器的电视机，我说的对吗？"

皆川吹了声口哨，说道：

"不愧是专业人士，早就将我司的专利情况打探得一清二楚。"

未来轻轻"啧"了一声。作为本案的关键，皆川电工的专利权内容异常清晰，对龟井方可谓是绝对的不利。

面对龟井的求助眼神，未来淡然回应道：

"明明是电视机，开机后首先显示的却是网络画面——这一创意据说很早之前就有了，但几乎没有大型电子企业生产此类商品的先例。有说法是，如果这么做，会被各家电视台施加压力。"

皆川转动着手中的遥控器，插嘴道：

"我们皆川电工才不在乎什么压力不压力的。本来技术这东西就不该少数服从多数，早在十年前，我们就先知先觉地申请了专利。"

未来可以肯定的是，皆川的所作所为并不会引来电视台的抱怨。作为电视机生产厂家，皆川电工和龟井制作所规模都过小，小到根本入不了各大电视台的法眼。

龟井瞅准机会反唇相讥：

"不过是会显示浏览器的电视而已，这也能算专利？"

未来淡然回答道：

"只要足够新，就能申请到专利。只是普通人所认知的'新'，和专利局审核人员所认知的'新'可谓是天差地别。这里的'新'，主要指的是'新颖性'，世界上的专利发明，并非全是蓝光LED这种惊天动地的科技创新。"

皆川反驳的音量足足是龟井的三倍大。

"当然是新玩意儿了。有意见的话你就证明给我看看啊，证明十年前就有那种开机后先显示浏览器的电视机。"

龟井闻言后顿时哑然，半张着嘴一动不动。

他心中已经得出了结论：皆川电工的的确确拥有该项专利权。

未来从手提包中掏出平板电脑，说道：

"我已经在专利局的数据库中确认过了，专利局审查人员的看法与皆川先生一致。"

龟井哭丧着脸问未来：

"大凤老师也认为我们家的产品侵权了吗？"

未来瞅了一眼平板电脑上端的时间显示，现在刚过上午十点半。

"我们已经找过反驳材料。举例来说就是，如果十年前这种电视机就已经为世人所知，那么专利就等于无效。我们在短时间内进行了各种调查，但并未找到确凿的证据。"

龟井竭尽全力地反驳道：

"这种事情区区一晚上怎么可能查得清楚呢？所以找不到是正常的，只要有足够的时间，就一定能找到相关证据。"

未来老老实实地说出了自己的真实想法：

"这已经是十年前的专利申请了，考虑到当时的技术水平，再查上一个月也未必能找到有用的证据。"

皆川有些做作地拍了拍手，插嘴道：

"非常专业！龟井，你小子雇了个超棒的代理师嘛。赶紧老老实实认命，把侵权商品全部处理掉。我甚至可以发扬武士精神，帮你出点报废处理的费用。"

未来瞅了瞅皆川部下们的表情。就在皆川露出一脸得意的同时，他身后的一干部下个个都像泄了气的皮球似的，没了干劲。

这再次印证了未来的推测——皆川电工的这些员工，不过是在拼命装出一脸凶相罢了。

未来从外套胸口的口袋里掏出手机，目前并无来电记录。

现在也只能相信搭档姚愁林的手段，尽可能地争取时间了。未来向皆川发问道：

"皆川先生，就算对方确实侵权了，您的权力也仅限于报废电视和撤除工厂设备而已，请不要做权限之外的事。"

皆川的表情仿佛在说"有完没完"：

"所以我才让他们把商品处理掉啊，有什么问题？"

未来走近一步，看着皆川那面色暗沉、满是皱纹的脸回答道：

"您知道吗？'私吞'和'报废'是两个完全不同的概念。"

闻言，皆川的一名部下顿时打了个冷战，而这一小举动自然没有逃过未来的眼睛。

皆川本人依旧表现出一副不为所动的样子。尽管如此，未来依旧从其浑浊的双眼中读出了某种破釜沉舟般的情绪。

皆川冷冷反问道：

"你在说什么呢，小丫头？"

未来将刚刚获取的情报娓娓道来：

"从昨晚到今天早上，我其实一直在调查其他事情。皆川先生的工厂，最近似乎在大规模裁员？"

皆川将手中的遥控器用力砸向地面，塑料破碎的声音随之响起。水泥地面之上，黑色的塑料碎片与电池散了一地。

他依旧冷淡地说道：

"那又怎么样？你肯定也知道当前的经济形势吧。"

未来本打算将新闻网站的报道作为证据展示给对方看，但想了想还是作罢。这委实是多此一举，毕竟工厂的实际情况如何，没人比当事人更清楚。

未来简要地说明自己已掌握的信息：

"在裁员后，您马上从长期合作的甲方紫禁电气那里获取了大规模的生产订单。我估算了一下您工厂的产能，认为如此大规模的订单，您这边根本不可能按时交货，更不必说还有裁员后人手不足的问题。可即便如此，您还是接下了订单，毕竟这次不接，下次就没活儿找上门来了。我说的有错吗？"

皆川的双眼依旧浑浊，他语速稍快地回答道：

"我们家的私事用不着你指手画脚。"

未来继续咄咄逼人地发问道：

"龟井制作所和皆川电工生产的电视都是32型，液晶面板也是从同一家供应商那里进的货，甚至连控制板都几近相同。唯一的差别，仅仅在于外壳上的图标，以及开机时显示的图标而已。所以您就动了歪心思，打算拿龟井制作所的32型电视充数交货。毕竟皆川电工拥有专利权，只要将龟井制作所的32型电视抢过来，替换外壳和软件就行了。"

皆川的部下们面面相觑。

连皆川本人都窘得一脸大汗。

龟井近乎惨叫地抗议道：

"开什么玩笑！太过分了！怎么可以这样！"

未来立刻回答道：

"当然。专利法所规定的补偿条款中，并不包含'没收、私吞侵权商品'这一选项。"

一名皆川的部下有气无力地喊了一声：

"我就说嘛，老板，这法子行不通的——"

皆川怒喝一声，打断了部下的话：

"这事儿关乎咱们厂的生死！丫头你也是拿钱替客户办事儿的，所以肯定也明白订单这东西有多重要。要是不能按期交货，那就只有上吊一条路了。"

未来语气冷淡地反驳道：

"任何产品都能决定厂家的生死，这一点龟井制作所也是一样。"

皆川突然脸色大变：

"我们有专利，所以这里的电视都是归我的。龟井，你一个指头都不准碰，要是敢碰一下，我就把这里的库存全毁掉，然后点上一把火烧个干干净净，顺便送你一起下地狱。"

就在皆川想扑向龟井的瞬间，仓库正门处突然传来巨响。

锈迹斑驳得难以拖动的正门，此刻大开着。

一个细长的人影正"嗒嗒嗒"地朝这边走来。

面对姗姗来迟的老熟人，未来首先送上一句抱怨：

"你来得太晚了，阿姚。耗时可真够久的呀，再晚一点咱们的客户可就要挨揍了。"

由于方向逆光，待到来人接近仓库的中心位置后，众人方能看清她的脸庞。

女子今年29岁，比未来年长1岁。身高170厘米，比未来高了10厘米。由于穿着高跟鞋，身材看上去越发高挑。一头黑发扎成马尾，五官端正，存在感极强，而鼻梁上那副无框眼镜也为她增添了几分知性味道。

来者不是别人，正是槲寄生专利法律事务所的另一名成员，未来的搭档，兼任律师一职与事务所老板的姚愁林。当然，整间法律事务所也只有她们两个员工而已。

阿姚用沙哑的声音斩钉截铁地说道：

"我已经查出皆川电工这方律师的所在地了，那人现在在深圳。我已经同对方取得联络，看来皆川先生是打算趁着麻烦的律师不在，直接从龟井制作所明抢。"

未来瞪了阿姚一眼，说道：

"感谢你的调查，不过麻烦事先联系我一下。"

"就算联系你，万一现场打起来了一切都白搭。我可是担心你的人身安全，才这么急匆匆赶了过来。"

"你好像认准了现场会起来似的。"

"就算否认也没意义呀，毕竟这次的事儿百分之百是侵权。"

"'律师无论何时都不能认输'——这可是你经常挂嘴边上的话。"

"办不到的事情就是办不到，所以我有必要充分利用律师界的人脉，与皆川电工的顾问律师直接对话，对不对？"

总之这样一来就可以下定论了。未来不再继续和阿姚斗嘴，扭头看向皆川和龟井，说道：

"向各位公布槲寄生方面的最终结论。龟井先生，很遗憾，你们确实侵权了。"

龟井闻言面如死灰，整个人一下子瘫坐在地：

"怎么会这样……那我岂不是要破产了？这可如何是好？"

未来朝阿姚使了个眼色，后者小声回答道："按计划进行。"

未来走到龟井身边，蹲下身子：

"现在我有个建议。龟井先生，您考不考虑将本次涉案的商品库存全数卖给皆川电工？"

龟井愣了愣，随后如梦初醒一般看向未来。

阿姚也帮腔道：

"如果产品是应专利权人要求生产的，则不会产生任何问题。事实上皆川电工目前迫切需要这一批产品，若是龟井制作所愿意代劳提供产能，这批库存就不会浪费。如此一来无论是皆川先生还是龟井先生，都能捡回一条命，可谓是双赢。"

未来狠狠瞪了阿姚一眼，说道：

"'双赢'？别说这种低俗的词。"

"我觉得是个好词呀。"

"只有说这个词的人才会这么想。好好想想，要是有谁对你说一句'这可是双赢哦'，你会作何感想？"

阿姚瞬间撇开了视线：

"我会很想揍这个嘴贱的家伙。"

"那今后就不要在当事人面前这么说。"

然而阿姚并未理会未来的告诫，若无其事地向皆川发问道：

"皆川先生，贵方律师并未接受我方的提议，但也没有明确表示反对。也就是说，该提议的决定权完全掌握在您手上。如无异议，您二位甚至可以现在就各自派出代表，商议此次收购的经济条件。"

未来也和龟井确认道：

"龟井先生意下如何？专利法所规定的解决方案相当有限，但如果不囿于专利法，则可以通过其他途径解决此事。

您怎么看呢？"

龟井的视线有些游移。他看向堆积如山的产品库存。

"我没有意见。"

阿姚则向皆川问道：

"皆川先生怎么说？"

皆川稍作考虑后，摇了摇头：

"就算现在签订合约，也改变不了之前侵权的事实。而且我要怎么跟甲方解释？倒不是说不可以转包，但我得事先知会甲方，他们那边对这种事管得很严。"

阿姚做了个深呼吸，淡然解释道：

"我已经请律师详细确认过紫禁电气那边的订单合同，如果是接下此次订单前就已经签订转包合同，那无须专门告知甲方。"

同为公司老总，龟井和皆川似乎都立刻理解了阿姚的言下之意，随之看向彼此。

皆川用极度低沉的声音发问道：

"难道说你的意思是……"

在未来眼中，此刻的阿姚就如同一个巧妙掩藏着真实身份的恶魔，与人类进行着交易。不过未来自己或许也和她无甚区别。

阿姚加强了语气，"提醒"皆川道：

"请好好回忆一下。龟井制作所和皆川电工其实已经签过外包合同了，对不对？在贵司的柜子里找找看嘛，肯定能找到相关合同。"

皆川的双眼闪现出诡谲的光芒：

"你的意思，是让我们伪造一份日期较早的业务委托合同？"

阿姚回以一个不明就里的表情，歪了歪头，道：

"我可没说什么伪造哦。您这边只需要回想一下合同的存放地点，再把它找出来就行了。"

"你让我花多少钱买？我们可是乙方，完全是按照紫禁电气的订单金额来生产和交货的。他们家基本上是按照原价下的订单。"

"话虽如此，一分钱不花就想白拿东西，未免有点太贪婪了。确实，价格可能不便宜，但也贵不到哪儿去呀？您二位可以好生商量商量，确定一个双方都能接受的金额。"

"专利可是在我们这边。"

"要是对方不肯卖，专利就只能烂在手里。这批货要得很急对不对？紫禁电气那边的交货期限是什么时候？"

"一周之后。"

"还是说您打算继续寻找其他侵权方？"

皆川显得犹豫不决，看到老板这副模样，他的部下们一个个坐不住了。

"不是吧。""太乱来了吧。""打从一开始，老板的想法就相当乱来。""不过对方的提议更加胡闹。"

这群人此刻的神情，已经从"皆川的打手"变成了"皆川电工的普通员工"。

皆川头也不回地怒吼道：

"吵什么吵、吵什么吵！都给我听好了，现在立刻回公司找合同！"

闻言，皆川电工的员工们个个呆若木鸡。

阿姚则微笑着看向未来。

一名皆川电工的员工满脸不解地问道：

"老板，这未免也太冒险了吧。要是走漏了风声，且不说紫禁电气那边没法交代，可能还涉及违法——"

皆川斩钉截铁地打断了部下的话头：

"我说找，就给我拼命去找。没错，拼命找。"

阿姚英姿飒爽地走到皆川面前：

"我也来帮忙好了。身为律师，找东西还是在行的。修改合同什么的更是不在话下。"

皆川先是犹豫了一下，接着面带微笑地问道：

"你们俩倒是挺有种的。特别是姓姚的这位，相当有胆识。中国人对吧？中国的商业生态你熟悉吗？跟着龟井混太浪费了，要不要来当我们的律师？我们家现在的律师是在律师网上雇的，不算专属。"

阿姚挺直腰杆，大大方方地回答道：

"我司恕不承接这种需要'后续服务'的尴尬业务，所以槲寄生从不和他人签署顾问聘用协议。再有就是，本次提议的草案是由大凤完成的。"

龟井的惊呼声比刚才又高了八度：

"原来不是姚律师，而是大凤老师想出了伪造——"

未来一把揪住龟井的领口：

"您喊这么大声干什么？这样一来大家都有活路，不是挺好的吗？"

阿姚不以为意地继续说道：

"我从来都是遵从未来的'违法指示'在行动，全部责任都由专利代理师大凤未来一人承担。"

未来的手握得更用力了一些：

"别把责任都往我身上推，你就不能说点更有创意的话吗？"

未来突然看了看自己的手，发现龟井已经快吐白沫了，于是猛地松开对方的衣领。

龟井整个人瘫倒在地板上。此刻的他脸色铁青，但表情却又仿佛如释重负。

这次的客户倒也挺忙，整天就忙着起身和坐下了。

就在众人照料龟井的时候，皆川电工的员工将那辆奔驰开到了仓库边上。

皆川等人会先行一步打道回府。待到龟井醒来，阿姚会和他一同前往皆川电工。

皆川朝着奔驰走了几步，突然又停下脚步。

他用唠家常似的语气问道：

"为什么你们事务所的名字叫'槲寄生'？"

"您觉得这名字拗口吗？"

"'槲寄生'这名字里带了个'失误'，听起来不吉利。[①]换我的话不会起这么个名字。"

"槲寄生这种植物的英文念作mistletoe。在北欧，这个词包含了'可驱除Troll（巨魔）的护身符'的意思。

皆川露出恍然大悟的表情。

"就是所谓的'Patent Troll（专利流氓）'？"

未来点点头：

"没错，是阿姚想到的谐音梗。"

皆川笑道：

"前专利流氓给自己的事务所起了这么个名字，着实有趣。"

未来有些吃惊：

"您是怎么知道的？"

"你来之前不久，龟井告诉我的。所谓的'专利流氓'，指的就是那些没有正经营生却申请各种专利，靠碰瓷

---

① 日语的"槲寄生"与"失误"的前两个音节发音相近。

其他公司、控告对方侵权来搞钱的组织，对不对？我之前也听说过，比如某个起诉日本游戏机的美国公司。"

未来马上想起了皆川说的是哪件事，说道：

"您说的是'科尔事件'吧。二十世纪九十年代，美国一名叫科尔的民间发明家声称，自己所拥有的某个专利和游戏并无直接关联性，却是'游戏机技术的基础专利'，于是将'任天堂'和'世嘉'告上了法庭。当时的日本企业还不熟悉美国的专利纠纷，科尔应该是瞅准了这一点方才发难的。"

皆川咧嘴一笑：

"那家伙比我们还恶劣啊。"

未来闻之一愣，回答道：

"这些人也不会在警告对方之后就直接找上门来哦，至少科尔当时肯定没这么做。"

"专利流氓这行当很好赚吗？"

未来平静地回答道：

"我曾经利用安全性专利起诉过某家手机厂商，当时是半年赚了一百亿日元。"

皆川闻言瞠目：

"都是你一个人操办的吗？"

"没错。我当时上班的地方，懂得手机安全系统的也只有我。"

皆川皱了皱眉头，微笑道：

"居然还是位专利流氓精英人士。这敢情好，今后我家要是再遇到专利方面的麻烦，就雇你们来帮忙好了。姚小姐，我们马上就要出发了，你知道我们公司的地址吗？"

阿姚对着皆川点点头：

"稍后我会自行开车前往。"

"有劳了。"

说完，皆川钻进了自己的奔驰车里。

这场交涉其实只持续了半小时左右，未来却累得仿佛跑了一整天的马拉松。

昏睡中的龟井发出均匀的呼吸声。这倒也可以理解，毕竟警告函这东西可不是经常能收到的，此刻的他想必是身心俱疲的。

龟井制作所的员工与龟井的家人一道将他们的厂长搬进了事务所所在的楼栋。

仓库中此刻仅剩下未来与阿姚两人。前者大大地伸了个懒腰，说道：

"上上周是兵库，上周是石川，这周是三重，都是在复印机呀吹风机呀这种堆积如山的产品库存前进行各种谈判。"

阿姚挠了挠脖子，点点头：

"不只是电器制品，甚至连化学药品都掺了一脚。上个月还一直在台湾新竹那边确认光敏电阻的曝光时间来着。"

未来瞬间回忆起红色的安全灯以及醋酸的味道：

"短时间内我都不太想闻到和风沙拉酱的味道了。仔细想想，从一年前创立槲寄生以来，我们几乎就没有休息过。个中缘由，还不是因为你完全不挑活儿，来者不拒。"

阿姚将目光投向仓库的天花板，仿佛在眺望并不存在的夕阳一般：

"创立槲寄生的时候，我们定下了四条不对外公开的事务所方针，其中第一条就是：不挑客户。所以没什么好抱怨的，防守方不配拥有休息日。"

这一点未来和阿姚都心知肚明。毕竟警告函这种东西总是来得很突然，而且只要一来，就会立马变得忙碌。

阿姚继续说道：

"对了，之前不是提过吗，想在咱们事务所的主页上放一句大标语——'我们曾是专利流氓'……"

未来马上否决道：

"不需要。这跟大大咧咧地说'我们以前是混黑道的，所以很熟悉黑道的做事方式'有什么区别？"

"话术不同，产生的效果也不同。这就好比高端黑客创立网络安全公司一样，在客户看来，我们的'经历'是很好的加分项。"

"我才不干哩。再说了，业界里有关咱们事务所的传闻早就满天飞了，根本用不着打广告。"

阿姚扑哧一笑：

"准确来说不是有关'咱们事务所'的传闻，而是有关'你'的传闻。专门'攻破专利权'的大凤未来——"

就在这时，阿姚的手机突然响了。在她接通电话的同时，一名龟井制作所的员工从事务所里走了过来：

"姚律师，大凤老师，总经理醒过来了。"

"龟井先生已经恢复了吗？其实可以多休息一会儿的。"

"总经理的意思是，想尽早和皆川电工那边沟通。他现在挺有干劲的。"

未来和员工聊了几句后，阿姚也挂断了电话。

她一边操作手机一边事不关己似的说道：

"下一单活儿我已经接下来了。"

未来抱起双臂，站到阿姚的面前：

"麻烦不要这么草率地接活儿好吗？我可再不想看着堆积如山的库存和人谈判了。麻烦接点软件类的活儿，类似云盘什么的。"

然而阿姚似乎完全没理会搭档的抱怨，自顾自地点着手机屏幕，说：

"下一单活儿是在东京，时隔一个月，我们总算能回去了。接下来我得去制作假合同，同时还得盯着皆川和龟井，防止他俩再起冲突。所以你就代我先回东京，去和客户聊聊看吧。对方希望能当面详谈。"

未来毫不遮掩地露出厌恶表情：

"别光明正大地将'假合同'这个词儿说出来。你该不会是让我现在就出发吧？明天再动身不行吗？"

阿姚歪了歪脑袋：

"对方想今天就和我们聊。搭飞机的话现在只赶得上红眼航班，走陆路的话，先坐三重号①，然后换乘新干线，就能在傍晚抵达对方的办公室。赶紧地。"

就在未来想抗议抱怨的时候，她的手机突然振动起来。来邮件了。

掏出手机一瞧，是阿姚发来的邮件。方才联系的客户发来的资料被做成了压缩包，附在邮件的附件里。压缩包体积大到手机都打不开，得动用平板电脑，或是那台留在宾馆的笔记本电脑才行。

阿姚又补了一句：

"我司第二条方针：客户的需求和委托，均必须在十二小时之内响应。我司第三条方针：务必尽可能地找到让客户和对手都能满意的解决办法。"

未来不由得以手扶额。是是是，的确有这么几条方针

① 由东海旅客铁道（JR东海）运营，通行于名古屋站至鸟羽站/伊势市站之间的快速列车。

来着。

正是基于第三条方针，她们才制订了"收购侵权方产品，当作订单所需产品交差"的战术。

未来猛地抬起头来。对于"槲寄生"这样一家规模小到可以忽略不计的法律事务所来说，有活儿接就该谢天谢地了。

未来朝阿姚露出暧昧的笑容。

"最近的需求还真是接二连三地找上门来。那么下一位委托人又是何方神圣呢？"

阿姚摸了摸被遗忘在仓库里的那台超薄液晶电视机的背部，接通电源。

屏幕上很快便出现了YouTube的画面。

阿姚指了指画面，说道：

"下一个客户是Ether Live Production（以太直播制作组）VTuber事务所。他们收到了警告函，希望我们帮忙想想办法。"

未来歪了歪脑袋，很是疑惑：

"他们侵了什么权？"

"据说问题出在此人身上。"

未来顺着阿姚手指的方向看向屏幕。

虽然之前皆川关掉了电视机屏幕，但视频似乎一直在后台循环播放。

屏幕中出现的不是别"人"，正是天之川托莉。此刻的她正以夜晚的涩谷为背景，且歌且舞。

2

没错，她确实说过"想接点软件方面的活儿"。

未来此刻正坐在东海道·山阳新干线"希望号"里，仔细研读阿姚用邮件发来的一系列资料。

以太直播制作组是五年前成立的虚拟网络主播事务所（此类主播主要活跃于YouTube平台，故而一般被称为VTuber），之前曾以其他名义进行运营。该公司的业务范围本来涵盖IT产业的多个领域，VTuber其实只是其诸多业务中的一项，但由于近期旗下VTuber人气的爆发式增长，目前公司的营收几乎是靠该业务支撑。

也正因为如此，公司干脆直接将名字变更为"以太直播"，并将资源都集中到VTuber业务上。

目前以太直播制作组是日本规模数一数二的VTuber事务所，在日本国内外拥有总计六十七名VTuber。这些VTuber在YouTube平台以及中国哔哩哔哩网站上的频道粉丝数加一起，已经超过两千万。

但未来完全无法理解该公司的经营状况。

所谓的VTuber业务到底是怎样提升收入的？钱是从哪里赚来的？是靠广告收入吗？可如果只是靠广告，还不如别自称是什么VTuber事务所，直接写广告公司得了。

　　未来越想越觉得不对劲，而所有的疑问都来自一点：

　　所谓的"VTuber"到底是什么？

　　未来当然知道"YouTuber"是什么，无非就是那些网红呗，要么用百事可乐洗澡，要么趁着绿灯亮起在涩谷站忠犬八公像前的全向交叉路口上跳舞。

　　未来再三确认过邮件附件中的资料。

　　这些资料基本上都是以太直播的公司信息，并没有针对VTuber进行讲解的内容。

　　不只如此，甚至连提及警告函内容的资料都没有。

　　当然，为了避免信息泄露，对方不可能以邮件的形式发送警告函的内容以及被警告对象的相关资料，但只有一句"VTuber被警告了"，有效信息未免过少。从未来的角度来说，她还是希望能事先了解一下情况。

　　未来在网上查了有关VTuber的内容，并未找到较为可靠的解说。没准VTuber这一概念本就不存在精准的定义。

　　未来锁上了手机屏幕。既然如此，直接问委托人可能还快点。

　　遵循阿姚的建议，未来在搭乘三重号后换乘新干线，当天下午五点刚过便抵达了东急东横线的武藏小杉站①。

从武藏小杉站出来走上一刻钟，便能抵达以太直播的事务所与工作室的所在地。

时值初夏，傍晚的天空尚未沾染上与"夕阳"之名相应的暗红。

未来眺望着四周鳞次栉比的高层住宅楼，一边用手机查地图一边前进。

未来的随身行李只有装着笔记本电脑的单肩包而已。之前将装有换洗衣物的小行李箱用快递寄往自己家是正确的选择，否则她现在就得拖着箱子走上好远了。

未来一边走一边抱怨道：

"阿姚那家伙该不会是把工作上的委托和碗子荞麦面②什么的搞混了吧。她铁定是对日本文化有什么误解。"

未来不断超过那些早早下班回家的男性上班族，步履匆匆地赶向"以太直播"事务所。

"以太直播"事务所位于某栋超高层建筑的低层办公区域。这栋大楼的二到四层聚集着各种公司的办公室，未来看

---

① 东日本旅客铁道和东京急行电铁的铁路车站，位于神奈川县川崎市中原区小杉町三丁目。

② 碗子荞麦面是日本岩手县的知名地方风味。当客人将第一次放到碗里的面条吃净后，服务员会一边大声吆喝一边将新的面条放入客人碗内，直到客人吃不动为止。由于每次放入的面条数量很少（一口就能吃掉的分量），成年男性能一次吃掉五六十碗。此处是指未来揶揄阿姚如同填鸭一般一单接一单地给公司揽活儿。

了看楼层示意图后才发现，"以太直播"将该楼的四层全包了下来。

她穿过喧嚣的一楼购物区，进入办公区域。

二楼和三楼还能零星地看到些许人影，但搭乘电梯一上四楼，一切噪声便瞬间消失无踪。

墙上贴着"无关人员禁止入内"的标志，但完全没看到前台或者门铃。

未来不以为意地穿门而过。

由于此处还兼做VTuber的摄影工作室，室内结构都做了隔音处理。薄薄一层的走廊墙壁的另一边，没准就有主播在进行直播呢。

未来一边前进一边喃喃自语：

"倒是听说过最近某些张罗新办公室的公司，会专门安排一间房间作为拍摄YouTube视频的工作室，不过这以太直播，感觉所有房间都是工作室呀。"

未来拐了一个弯，离开了满是紧闭门扉的走廊，然而四下依旧一片死寂。事实上，她现在身处的地方依旧是一条走廊，两侧同样有多个房门。天花板上每隔五米左右便设置了一个监控摄像头，让人很难想象这些房间内是何种景象。

未来下意识地伸手敲了敲走廊的墙壁。

"什么也听不见，什么也看不到，完全不像是一家在正经运营的公司。该不会只是个皮包公司吧？旗下的VTuber都是人工智能的虚拟产物，公司里根本一个活人都没有——"

突然，头顶上方传来答话声：

"我司旗下主播的相关信息均为重要机密，VTuber决不可以自己的真面目示人。所以即便是签署过保密协议的人，也不可以窥视他们的真容。"

声音是从监控摄像头传来的，看来这摄像头还兼具播音功能。

初次交流就仅靠室内广播，这种客户未来还是头一遭遇到，顿时太阳穴的青筋跳了一下。

她走向离自己最近的摄像头，抬起头来，道：

"我是槲寄生专利法律事务所的大风。您是棚町隆司总经理吗？我该怎样将名片递给您？"

未来无从揣测监控摄像头那边的人（极可能就是棚町本人）此刻的表情。

"棚町"用清晰的声音回答道：

"名片就不必了，我这边已经调查了大风老师的风评，充分了解过您的个人能力。不过您到得可真晚呀，距离与贵司联系的时间已经过去了四小时三十二分钟，按理说现在你我双方应该已经在聊签合同的事了才对。"

"对此我很抱歉，毕竟四小时三十二分钟前我人还在三重县。"

未来眼前的走廊墙壁突然亮了起来。

走廊的墙壁上投影出画面，原来墙壁与地板的交接处安装了垂直投影仪。

画面中出现的是一名红色短发女性角色，只有上半身的形象，穿着一件带花边的衬衣。

这个角色颇有范儿，像一个眼光独到的学姐。

"目前正在第八工作室进行拍摄工作的VTuber，是以太直播旗下头部主播之一的斯普林菲尔德女士。网友们通常根据她姓氏的字面意思称呼她为春原女士或者春原姐。"①

未来仔细观察起画面中的这位女士。

虽然是CG人物，但画风更接近手绘的动漫角色，算得上很可爱了。

她又看了看画面的其他部分。

画面右侧三分之一的区域里，小字体的用户评论正飞快地滚动，速度快到根本来不及一条条细读。

画面的左下方则显示着"同时在线人数68574人"的字样。

虽然听不到声音，但这位主播似乎是在介绍某款热门商品，画面中能看到她身后堆积着大量的方便面。

未来正看着，棚町突然问道：

"您该不会不太熟悉VTuber吧？"

---

① "Springfield"一词在日语中可音译为"斯普林菲尔德"，按字面意思则可译作"春天的原野"，即为"春原"。

未来老老实实地答道：

"这并非我的专攻，但也不影响什么。"

棚町顿了顿，问道：

"那您知道初音未来吗？如果知道的话，对于该角色您了解多少？"

未来立刻回答道：

"是个注册商标。"

扬声器那头传来轻微的叹气声。

"初音未来是一款VOCALOID产品的名称。而所谓的VOCALOID，指的是一种语音合成软件。发展到现在，初音未来已经被赋予了独特且全面的人物以及性格设定，所以不再是产品名，而是一名角色了。"

未来不假思索地反驳道：

"我已经听不太懂您在说什么了，那就在个人所理解的范围内回应您吧。所谓的'VOCALOID'同样是一种注册商标而非普通名称，使用的时候还请留意。"

此话一出，扬声器那头传来更为清晰的叹气声：

"那么您知道绊爱吗？"

未来在记忆中搜刮了一番，却对此名字毫无印象。

"我也不是把近期的全部注册商标都装在了脑子里。"

"请不要继续纠结商标这个问题了。"

棚町话音未落，走廊对面的屏幕突然亮了起来。

画面中出现了一位头戴心形缎带的少女角色。

未来觉得这角色有点眼熟，应该是在什么电视广告上见到过。

"虽说不是我们以太直播旗下角色，但这位绊爱向来被称为最早的虚拟YouTuber。而所谓的'VTuber'，便是'虚拟YouTuber'的简称。当然，绊爱'本人'并不会自称是VTuber。"

屏幕中的绊爱正在玩某款恐怖游戏。昏暗的洞穴中，玩家角色正举着手枪迎击从阴影中杀出的丧尸。

虽然听不见声音，但能看见绊爱的表情在不断变化。

就在未来观看绊爱玩游戏的同时，棚町的声音再度响起：

"VTuber其实是YouTuber的一个分支，却非真实存在的人类，而是更接近动漫角色，甚至可以理解成从剧情的束缚中解放出来的、能够自由自在生活的动漫角色。"

"那么是谁在操控这些角色呢？角色是不是还配有声优[①]？"

"的确有人在后台操控，VTuber也确实配有声优。尽管大多数时候操控者和声优是同一人，但也有例外的。不过这一事实会伤害到角色性，所以一般不对外公开。"

---

① 即配音演员。

未来毫不犹豫地抛出赶路途中自己萌生的疑问：

"请问，VTuber是怎么赚钱的呢？"

"收入主要来自YouTube这一平台。其一是广告收入，视频每播放一次，就会有相应的收入进账。其二是打赏收入，也就是直播过程中来自用户的付费。我司的收入构成中，打赏的占比更大。再有就是销售周边商品以及出演电视节目所获得的收入。"

未来大概知道"打赏"是怎么一回事。YouTuber在进行直播的时候，观众可以像付小费那样给主播打钱。

棚町继续说道：

"绊爱的频道大约有三百万粉丝，视频播放收益、频道会员月费、出演电视节目的酬劳这些算一块儿，一年的收入能轻松突破一亿日元。"

播放绊爱视频的屏幕变暗了。

"打赏方面，斯普林菲尔德女士上个月曾经在五分钟内赚到了大概一百零九万八千日元的打赏费用。专利事务所的代理师能够五分钟赚这么多吗？"

未来内心有一个想象而成的容器，这个容器是精美的玻璃工艺品，一旦她对某些特定的事情产生反应，当中便会涌出漆黑的浊液。

在听到棚町方才的问话后，那容器已经八分满了。

未来粗略地算了算，冷淡地回答道：

"大概能赚四千一百六十六日元吧。"

两秒钟之后，棚町也冷冷地回应道：

"也就是说您时薪大概是五万日元？和美国的专利律师差不多嘛。不知您是否有所耳闻，牛津大学与野村综合研究所的共同研究表明，二十年内律师这一行当被AI取代的可能性是92.1%。"

那个容器瞬间被黑水填满，靠着液体的表面张力才没有溢出来。

"我们是不是差不多可以进入正题了？贵司收到了警告函对不对？我希望能尽早看看警告函，如果贵司没这个意思，不妨另请高明。"

监控摄像头突然沉默了。

也不知是过了半分钟还是几分钟，棚町的声音再度打破了这份寂静：

"非常抱歉，我们也是头一遭收到警告函，所以有些不知所措。我们希望能找一家过往胜率高且能立刻承接业务的法律事务所，最后目光锁定到了贵司身上。"

视野的一侧，斯普林菲尔德女士正将方便面举到面前露出笑脸。

未来也对着摄像头笑了笑：

"机会难得，要不我们还是直接面对面沟通吧？委托内容肯定不是站着聊就能说清楚的，更何况现在应该只有我是站着的。"

棚町用少了几分乐趣的语气问道：

"我想先确认一点：槲寄生真的只收胜诉酬金吗？"

未来愣了愣，回答道：

"我司的官网上已经写得很清楚了，只收胜诉酬金，不收委托费。酬金为委托人败诉时所需支付赔偿金的30%。我们会尽力让委托人免于诉讼解决问题，如果最终还是进入了诉讼环节，到一审为止我司都将免费代理。"

举例来说就是，如果委托人被索赔一千万日元，若是槲寄生能完美解决此事，便能获得三百万日元的酬劳。

棚町马上追问道：

"如果败诉，确定不需要我方支付任何代理手续费用？"

未来嫌对方有点啰唆，但毕竟涉及合同内容，还是认真点了点头：

"这种情况很少见吗？其实就和推销保险以及贵司的VTuber类似，得要有业绩才能有收入。不过对于我们来说，'业绩'指的就是止损的幅度。"

棚町的问题还没完：

"听闻大凤老师和姚律师之前干的都是'专利流氓'的行当？"

未来平静地回答道：

"您不是说想确认的只有'一点'吗？"

咔嚓！金属的摩擦声突然响起。

斯普林菲尔德女士工作室的门后出现一个人影。

那是一个身材纤细的男子，看起来年纪不到三十。白衬衫，黑色紧身牛仔裤，脚上蹬着一双纯白色的运动鞋。

男子发量惊人，如同头盔般的一头黑发乱蓬蓬的。至于鼻梁上的那副黑框眼镜，也不知道是某种时尚呢，还是单纯对眼镜没兴趣而随便选的。

未来也不寒暄，立即发问：

"您是棚町隆司先生，对吧？"

棚町朝未来点头示意，神态仿佛和邻居阿姨打招呼的小学生，全无方才交谈时的强势劲儿。

就在他低头的同时，走廊的墙壁都亮了起来。

安设在走廊内的投影仪开始同时播放影像，是VTuber们的视频。

棚町的声音依旧如同刚才通过扬声器听到的那样清晰明快，这和现场的气氛显得有些不搭。

"我是以太直播的总经理棚町。"

未来行了一礼，看向棚町。刚才的这一出是欢迎仪式吗？还是棚町总经理的自我表现欲呢？

毕竟也不好笼统地认为"但凡是老板，就有强烈的自我表现欲"。

41

棚町淡然一笑：

"您爱吃寿司吗？虽然现在吃午餐有点晚了，不过今天我们请了专业的师傅过来现场捏寿司。"

一听到"寿司"两字，未来从喉咙到肠胃都产生了剧烈的地壳变化。

她今天一整天都没正经吃饭，坐车的过程中一直都在阅读资料，仅仅抽空嚼了一根能量棒。

未来保持微笑地靠近棚町：

"您的好意我心领了，但我们还是赶紧聊工作上的事儿吧。"

棚町不以为意地回答道：

"主播们来事务所的日子，我们经常会请师傅来捏寿司。说是'顺便'或许有点失礼，但添一双筷子对我们来说并无什么区别。"

棚町将手插进牛仔裤的后兜里。

他掏出手机略加操作之后，走廊的影像便全数消失了。

紧接着，棚町身边的墙壁"啪"一下亮了起来。

未来退后一步，看向墙壁上的影像。

影像中出现的不是别人，正是她今天见到的第一位VTuber——天之川托莉。

棚町开始进行解说：

"这段视频，是托莉刚出道那会儿拍的宣传PV。"

棚町播放的并非未来在龟井制作所看到的那段视频。洁白的背景之中，披着头纱、身着黑色裙装的托莉正双手交握，如同祈祷一般静静伫立，束成两股的金发在脑后随风舞动。

棚町很快又切换到了其他视频。

"这一段是上传到YouTube两周后播放量超过两千万的歌曲《天下无双》。"

画面陡然改变，出现的是昏黄天空下的苍茫荒野。

身着白色连衣裙和红色高跟鞋的托莉出现在了风沙之中。虽然听不到声音，但能从托莉的口型看出她正在边走边唱。

托莉行进道路的两侧出现了大量的坦克、战斗机以及满身导弹的机器人。钢铁构成的怪兽们同时开火，但托莉依旧不以为意地且行且歌。

炮弹、导弹、激光一股脑儿地朝托莉袭来，但没有一发命中目标。爆炸不断掀起气浪，托莉却毫发无伤，步履不停地唱个没完。可惜未来无从得知她到底在唱什么。

未来问道：

"炮弹和气浪都是后期合成的CG效果吧？"

棚町点了点头，操作了一下手机，说道：

"当然是CG效果。如果想追求真实感，就得看这段视频了。"

画面再度切换，出现在眼前的，是一间掩映在竹林深处的茅草房。

茅草房旁边，两名身着破烂和服的男子正持刀守着入口。

镜头转向茅草房内部，可以看到一名穿着脏兮兮和服的女子正怀抱婴儿，泣不成声。

镜头一转，原来房间内满是凶神恶煞之徒，粗略一数就有三十余人。站在一众恶徒最前方的大块头男子似乎是他们的头目，此人手持一把血迹斑斑的柴刀，正粗野地狞笑着。男子额头上有一条长长的疤痕，一直延伸到右眼。

棚町从旁解说道：

"托莉的特技之一是格斗术。刚出道的时候没什么机会展示，但部分粉丝的呼吁声很高，所以我们加急做了这段视频。"

未来问道：

"这段视频也全是CG制作的吧？反派都是CG人物？"

"最开始是这么计划的，但托莉表示'没有真实对手就提不起干劲'，所以我们只得召集了三十五名格斗运动员来做动作捕捉，让他们实打实地打了一通。所以这些CG角色动作都和真人无异。"

头目狞笑着举起柴刀，就在这时，房间入口处的拉门突然被撞飞，门口的两名看守如同炮弹一般摔了进来。

身着皮革骑手服的托莉出现在众人眼前。见状，两三名恶徒争先恐后地扑了过来，托莉旋即跃到半空之中，一记回旋踢将一名恶徒踢得老远。被踢飞的那名男子猛地撞上了其他同伴。

剩下的恶徒们一起扑了过来，但都被托莉的脚上功夫踢倒在地。

未来有些难以置信地说道：

"拍视频的时候，那些负责动作捕捉的人真就被这样踢来踢去的吗？"

"当时现场总共有三十五人受伤，今后我们都不会再这么干了。还好按照托莉的要求，安排的是专业的格斗运动员而不是普通的替身演员，毕竟连格斗运动员都能够轻松踢飞出去，如果安排的是普通演员，怕是要当场阵亡了吧。"

画面中一时间看不到头目的身影，紧接着，头目从死角挥出柴刀，凶器以慢动作袭向托莉的脖子。就在刀刃即将劈到脖颈的瞬间，画面的速度突然恢复正常，托莉一脸轻松地下盘一沉，避开刀锋，顺势一跃而起，双脚踢中对方的脑袋。画面随之给了头目的诧异表情一个特写，紧接着他的头便被托莉的双脚狠狠踩在了地板之上。

棚町关掉了视频。

尽管棚町没有说谎的必要，未来还是有些半信半疑。

棚町继续解说道：

"目前天之川托莉的演员就在隔壁工作室。这位VTuber一年前出道，单单上个月就足足赚了两亿日元，创了我们事务所的纪录。除以视频的播放时间，那就是五分钟能赚三百五十万日元。"

未来粗略心算了一下：

"世界上收入最高的模特肯德尔·詹纳的年收入是十亿日元，也就是说这位VTuber半年的收入就超过世界超模一年的收入了。您没骗我吧？"

"她可是个前无古人的天才。"

未来突然明白了什么。难怪她之前看斯普林菲尔德女士的时候总觉得哪里怪怪的。

与其他VTuber相比，天之川托莉的表情太过丰富了。

图像的精细度自不必说，天之川托莉最大的特征，在于其表情、动作，甚至行为模式都和真人没什么两样。

棚町用较为缓和的语气说道：

"昨晚我一宿没睡，一直在反反复复地看那份警告函。可不管看多少遍，唯一的解读就是，'天之川托莉的存在就是侵权'。"

建筑物突然轻微地摇晃了一下。

微弱的地鸣声持续了一小会儿，未来很快注意到墙壁也在晃动。

未来心想：难道是地震？

"若是地震的话，那未免也太'局部'了。"

棚町心有不甘似的闭上双眼。

然而墙壁那边再次传来巨响，仿佛巨大的铁球在撞击墙体似的。

"是谁在撞墙？"

棚町自言自语道：

"果然现有的追踪装置还是差点儿意思。麻烦稍等片刻。"

棚町掏出手机打了个电话：

"是我，立刻停止摄影。在托莉弄疼拳头之前让她停下来，不能让她受更多伤了。"

墙壁还在晃动。

"天之川托莉十八般兵器样样精通，还是'天之川流杀法'的创始人。不过她最强大的武器其实是自己的肉体，即所谓的'天之川流拳法'。"

未来有点跟不上这突如其来的设定。

也不知棚町有没有注意到未来的心理变化，他继续说道：

"您似乎不太相信在刚才的视频中，三十五名参演者是真的被胖揍了一顿？"

这问题有点难以回答，于是未来转移了话题的焦点：

"视频的观众们是否相信呢？"

让未来感到意外的是，棚町居然点头了。他说道：

"视频上传五分钟后，立刻就有粉丝看出托莉穿着骑手服打斗的动作是以截拳道为基础的，并表示光靠电脑特效的话，无法呈现得如此流畅自然。"

截拳道里会有"脚剪头翻摔"①这种招式吗？

正想着，突然一声巨响，棚町身后的门被猛地撞飞了。

与之同时，一名身着背心的光头巨汉与一名身着空手道服的短发男子同时从门内飞出，狠狠摔在了走廊上。

未来突然觉得这场面似曾相识，然而在她仔细思考怎么个"似曾相识"之前，失去隔音效果的无门工作室内传来了惨叫声。

"快住手，托莉！""赶紧按住她！""你冷静点，托莉！啊啊啊啊啊！"

里面不断传来人体撞上墙壁的声音。

棚町面向未来俯下身子，一边听着身后传来的惨叫声一边面露难色地恳求道：

"您在以太直播所看到的一切，请保证一定不会向外界泄露。我们这边没什么其他附加条件，代理人费用也会按照贵司所要求的金额支付。事关'天之川托莉'这一角色的存

---

① Frankensteiner，得名于美国知名摔角手斯科德·斯坦利（Scott Steiner）。使用这一招数时，出招者面向对手高高跃起，用双腿夹住对手的脖子，接着猛地向后翻转，将对手仰面朝天摔倒在地。

亡，还请您能理解。"

未来走进工作室，想确认棚町的话中真意。

工作室内此刻一片狼藉，已经看不出原本的模样。墙镜已经彻底四分五裂，之前设置在工作室四角的摄像机、照明灯以及其他器材都东倒西歪散了一地。

工作人员们也和器材一样，横七竖八地倒在地上。这八名工作人员穿着运动服、拳击短裤或武道服，看起来应该都是格斗家，只是现在没一个能够站起身来。

未来花了一点时间，才将目光锁定在某个特殊人物身上。

这堆混乱的中心站着一名女子。背影看上去二十出头，身高一百七十厘米左右。她穿着一件相当合身的长袖塑身衣，但背后的拉链没合上，因此能够窥见其布满伤痕的皮肤。长长的黑发在后脑勺上扎成两股。

未来忍不住开口说道：

"天之川托莉？"

托莉的演员缓缓扭过头来。

她的五官端正得有些可怕，肌肤雪白，一双杏眼此刻正因为兴奋瞪得浑圆。

未来脑中一片混乱。

天之川托莉这位演员的长相，可以说完全再现了视频中的CG形象。

面对未来的疑惑，托莉缓缓地摇了摇头。

真是不可思议，明明是在和天之川托莉的演员对话，未来却有一种在观看天之川托莉视频的感觉。

大概是察觉到未来的心境，棚町突然插话道：

"一开始都这样，很快您就会习惯了。身为VTuber的天之川托莉也好，身为演员的天之川托莉也罢。"

天之川托莉的演员指了指龟裂的屏幕，怒喝道：

"这根本就不是我！赶紧用回原来的软件！"

就连说话的声音，也和未来在龟井制作所里听到的一模一样。

第二章

无人可望其项背的头部VTuber居然侵权？

1

穿过遍布工作室入口的走廊后，尽头便是棚町的办公室。

办公室内的陈设非常简单，只有桌椅和书架而已。

宽大而简约的办公桌上放着一台笔记本电脑。

棚町用不锈钢制的咖啡机倒了一杯咖啡。

"请随便坐。以太直播原则上是不接待访客和上门咨询的，所以并未配置会客室。"

未来瞅了一眼随意扔在办公桌上的褐色信封。

"这就是警告函吧？虽然我们还未正式签署合同，但身为代理师，我依旧有保密的义务。能先看看警告函吗？"

"我司的邮箱也收到了内容完全相同的邮件，稍后会共享给贵所，麻烦告知一下邮箱地址。"

通过邮政寄来的信封上有"株式会社Rice Valley"的公司标志，但未来对这家公司没什么印象。

打开信封后，里边装的是侵权警告函正文、专利公告复印件以及寄送明细。

未来开始确认警告函的内容。"贵司旗下VTuber天之川托莉所使用的摄影系统侵犯了我司所拥有的专有实施权。"

"这种形式的警告函还真少见。"未来感慨地呢喃道，

"准确来说，对方认为自己被侵犯的不是专利权，而是专有实施权。这种情况非常少见。"

棚町面带困惑地问道：

"感谢您的解说。这方面我完全是门外汉，所以想先问问，所谓的'专利权'到底是什么？"

"所谓的'专利权'，指的是开发出某种新技术的个体所拥有的独占权利。这项权利是国家赐予的，条件是需要将该技术公开。可以这样理解：因为该个体对于社会的技术进步做出了贡献，故而获得了相应的嘉奖。"

"那么具体来说，专利权能用来做什么呢？"

"可以阻止未拥有专利者的制作、销售、使用等行为，即所谓的'专利禁止令'，还可以要求对方赔偿相关损失。"

"我们之前并不知道托莉的摄影器材存在侵犯专利权的问题。"

"无论基于何种理由，专利法的游戏规则就是'侵权的一方有罪'。这也是诸项知识产权当中，专利权被视作最强产权的原因之一。"

棚町似乎有些不太理解，这倒也不奇怪。

他很快又继续发问道：

"这个所谓的'专有实施权'，又和专利权有什么关系呢？"

"'专有实施权'是一种'许可'，即从专利持有人手上获取的事业许可证。举个例子，如果一家外包公司从品牌方那里接到了生产手提包和服装的订单，那就不构成侵权。因为在这种情况下，该公司必然已经获得了许可。"

棚町歪了歪脑袋，很是疑惑：

"也就是说，这封警告函是外包公司寄过来的？"

未来继续说道：

"这就相当于获得了专利转让，已经不再是单纯的外包公司，甚至自己就能够成为甲方。所谓的'专有实施权'，就是这么一种足以取代专利权人独占某项技术的有力许可。"

棚町用右手托住下巴，陷入沉思：

"这还真是闻所未闻。拥有这类许可的都是何方神圣呢？"

"通常是专利权人极为信赖的对象。像是母公司与子公司，又或者亲生父子。"

棚町略加思考后呢喃道：

"也就是说，不是什么人都能获得，对吗？"

未来点了点头：

"专利是很宝贵的，当然不能随便转让。举例来说，如果专利权人不想自己亲自出面发起诉讼，他可能会有如此这般一番心理活动：诉讼是件麻烦事，但又不想让侵权产品逍遥法外，那就将许可授予信得过的合作方A公司，让他们代为和侵权产品缠斗。"

棚町闭上双眼，边想边问：

"如此一来，专利权人会怎样呢？"

"形同引退，单靠自己什么都干不了。不过因为授予许可的关系，可以一直从A公司那里拿到授权费。"

棚町点了点头，道：

"原来如此。如果是一锤子买卖，就只有单次收益；可如果是授权给他人，收益就能细水长流。"

"这一点和房产有些类似。要么一次性卖出获得大量现金，要么放租慢慢挣租金。"

棚町点了点头，似乎总算是将现状给捋清楚了。

未来一边浏览警告函一边问棚町：

"您对这家寄来警告函的'米谷'有印象吗？"

棚町用力摇了摇头。

"完全没印象。之前在网上查了一下，发现好像是一家开发土地、建筑测绘软件的公司。"

未来继续阅读警告函。对方的观点如下：

以太直播旗下VTuber天之川托莉所使用的"摄影系统"侵犯了我司的专利许可。

米谷要求以太直播停止使用并废弃该系统。

另外，米谷还要求以太直播赔偿因侵权所造成的损失，赔偿金额为以太直播总营业额的10%。

以太直播应在收到本警告函后两周内予以答复。

警告函的最后，是米谷的董事长米谷胜弘的签名。

未来不由得呢喃道：

"对方索求的赔偿金额未免也太高了，'总营业额的10%'？开什么玩笑。"

赔偿金额通常是以"盈利额的百分之多少"来计算的，不会根据"营业额"来计算。

棚町扑哧一笑：

"对方提出的赔偿金额是我司'总营业额'的10%，潜台词就是'哪怕你们没赚到钱甚至亏本了，也一样得给我赔钱'，对不对？简直是无稽之谈。"

未来当然能体会棚町的感受，但同时她还产生了一种不祥的预感。

警告函里只提及了禁止和赔偿金额。

如果对方的目的是讹钱，赔偿金额应该会更现实些才对。

若是更为贪婪的公司，多半还会提出诸如此类的附加条件：天之川托莉今后的所有商业活动，只要支付相关费用，便能获得我方许可。说白了就是要求签订今后的授权合同。

所以对方的目的显然不是钱，而是想让侵权者彻底消失。

未来再次确认信封上的寄到日期和内文的回复期限。

"回复期限是两周后，时间不多了。对了，贵司有专门的顾问律师吗？是否已经听取过律师的专业意见呢？"

不出所料，棚町有些为难地回答道：

"我司的长期合作律师是在律师网上雇的真岛律师，之前向他进行过咨询，但对方完全没有处理专利纠纷的经验，所以建议我们找有相关经验、知识储备的律师或者代理师帮忙。"

目前日本国内能够专业处理专利纠纷的法律事务所少之又少，一只手就能数得过来。由于这类法律事务所基本上都是大企业，所以阿姚和未来等于是以区区两人之力，和大型律师事务所展开针锋相对的竞争。

竞争结果不言而喻，各种规模的客户接二连三的咨询电话已经说明了一切。

未来脑中浮现出阿姚那自命不凡的表情。她回答道：

"我挺喜欢这种有自知之明的律师。尤其是成天和我司那位脱缰野马一般的律师搭档打交道之后，就更是如此了。"

棚町惴惴不安地问道：

"所以您是打算接这个案子了？"

未来将警告函放在一旁，干脆利落地回答道：

"我司承接顾问类以外的任何委托，不问内容。"

闻言，棚町明显心中的一块石头落了地：

"感激不尽。我有责任保护公司旗下的诸位VTuber。最坏的情况下，如果他们的表达自由权受到威胁，我同样也有为他们而战的义务。"

未来再次向棚町确认道：

"那么跟您确认一下委托内容：解决这封警告函，确保天之川托莉今后也能够正常活动。没错吧？"

棚町缓缓点头：

"没错。"

未来开始说明自己的初步计划：

"首先需要确认对方专利的内容，然后调查摄影系统，与专利内容做比较。完成这一系列工作之后，再来讨论应对措施。"

棚町惴惴不安地问道：

"如果最后发现我们的确侵权了，没有任何解决办法——又该怎么办呢？"

未来嫣然一笑，道：

"我的工作，就是想方设法地保护客户的'才华'。"

未来一边解说一边瞥了一眼放在身旁的警告函。

警告函显然只针对天之川托莉一人，并未提及其他人员。

为什么对方的狙击目标只有天之川托莉一个人呢？

此事只能暂且存疑。未来将警告函搁置一旁，拿起专利公告，道：

"那么我先确认一下对方提及的专利技术。"

棚町点了点头：

"如果该专利技术与托莉的摄影系统无关，就不构成侵权了，对吧？"

"没错，所以我需要仔细核对。"

终于能够开始确认专利的具体内容了。

未来首先看了看专利权人的名字——"株式会社华村测绘机器"。看来这家公司才是敌方的"头目"，正是他们将专利授权给了米谷。

未来开始确认发明的具体内容。一刻钟过后，她将专利权的内容整理了出来：

"对方这套摄影系统的专利技术，是通过激光追踪真人的动作，然后应用到CG人物身上去。动作追踪技术您是知道的吧？"

棚町面露不满地点点头，道：

"VTuber的演员通常会在镜头前说话和跳舞，而摄像机会将他们的动作抓取下来，并让CG人物做出相同的举动。这就是所谓的动作追踪技术。"

说到这里，他表情变得有些不悦，继续说：

"动作追踪是一项非常基础的技术，如果这都会构成侵权，世界上所有VTuber都不用吃饭了。"

"您说得没错，这一技术过于宽泛，拿来申请专利的话专利局那边铁定通不过。专利技术的范围其实是很狭窄的。"

未来又开始解说对方专利技术的具体内容：

"首先，对方的专利技术并不包括使用摄像机的部分，而是指使用了激光的部分。"

棚町的表情有些灰暗：

"通常都是会用摄像机的。"

从棚町的表情来看，天之川托莉在拍摄过程中应该也用到了激光。

未来继续说道：

"此外还有另一个限定条件。激光抓取的数据会被发送到电脑端，而对方的专利技术，正是发送过程中所用到的'虚拟网络技术'。"

棚町此刻的表情，就如同脸上被贴了个大大的问号一般。他问道：

"我没太听明白。您刚刚是说'虚拟网络技术'？"

未来将专利公告的示意图展示给棚町观看。

之前处理某起与移动电话有关的委托时，她也见过类似的图像。

"这是'第五代移动通信技术（5G）'中会使用的先进

技术，能够以前所未有的速度传输数据。"

这一"限定条件"其实很突兀，但未来并不感到惊讶。

现如今，并不只有手机公司对5G技术感兴趣，应该说各行各业都试图将这项技术应用于生产中。

棚町皱了皱眉，问：

"您的意思是说，米谷这家公司拥有'将5G通信技术运用于VTuber摄影系统中'这样一种专利技术？"

"不只是5G，他们还用到了激光。"

未来合上专利公告，道：

"接下来需要调查的是摄影系统。保险起见，除天之川托莉外，其他VTuber的情况我也要了解一下。贵司旗下VTuber的演员，用的都是什么摄影系统？"

棚町有些吃惊地反问道：

"收到警告函的不是只有托莉一人吗？"

"因为后续其他人也有可能会收到警告函，所以有必要先行把握整体情况。"

棚町马上回答道：

"各位演员具体使用的是什么工具，我从来不过问的。"

未来微微一笑。

"第二件必须做的事，就是找出那些没有使用专利技术的内容。"

"此话怎讲？"

"因为这样比较简单。如果既用到了5G也用到了激光，那就是侵权；但如果仅仅用了激光，又或者两者都未使用，就不构成侵权。"

棚町点点头：

"懂了。这样才好下判断，对吧？"

"先从简单的方面入手总归没坏处。贵司有VTuber在摄影过程中使用了激光吗？"

"只有托莉而已。其他人应该都是用手机拍视频，也没听说什么手机有激光扫描功能的。"

"确认全体人员的情况只是为了以防万一。既然他们都没有侵权行为，那么关键问题还是在于天之川托莉本人。"

未来再次对棚町提出要求：

"我需要看一下天之川托莉的摄影系统。"

棚町表情微妙地点点头：

"都在第一工作室。托莉通常都是在第一工作室拍摄。"

未来回想起之前被托莉大肆破坏的工作室，问道：

"刚才天之川托莉大闹一通的房间不是第一工作室吗？"

"那是第三工作室。"

也就是说疑似侵权的物品尚且安全。

未来继续确认道：

"收到警告函之后，天之川托莉还用过那套摄影系统吗？"

棚町摇了摇头，道：

"昨天收到警告函之后，我就让她不要再使用了。"

"您的判断非常明智。收到警告函后，暂且停用会比较安全。"

棚町掏出手机，给托莉拨了个电话。

他将手机贴在耳朵上等了一会儿，电话那头却始终没有反应。

"这家伙不接电话。不好意思，我用LINE联系看看。"

未来歪了歪头，有些不解：

"第一工作室是天之川托莉的专用房间吗？"

棚町苦笑着回答道：

"倒也不是。公司的规矩，只要房间空着，任何演员都可以自由使用。不过由于第一工作室一直是托莉在用，说是她的个人专属房间倒也并无不妥。之前她还神不知鬼不觉地把备用钥匙拿走了。"

"您不能拿现有的钥匙开门吗？"

棚町的视线有些游移：

"这涉及个人隐私，而且未经许可随便开门的话，托莉会暴跳如雷。"

未来闻言一愣，这都什么时候了，还在纠结个人隐私问题？

不过未来能理解棚町的难处。毕竟天之川托莉是以太直播的头号印钞机，即便是身为管理层的棚町，也不太方便对她指手画脚。

或许应该这么说：事务所的存在意义，就是为优秀的表演者提供舒适的创作环境。

棚町咬牙切齿地用右手操作着手机，同时左手打开电脑，说道：

"在确认实物之前，有段视频想先请您过目。是托莉摄影系统的解说视频，之前也请真岛律师看过。"

棚町操作了几下触控板后，将屏幕转向未来：

"为了方便比较，先请您看看常规摄影工具的性能。"

画面的左右两侧各有一段视频。

左侧视频中能看见一名CG角色，正是刚才见过的斯普林菲尔德女士。

而右侧视频中的角色则是一名年纪不到三十的女子。女子一身运动衣打扮，难不成是CG角色的真人扮演者？

棚町简短地给予了肯定回答：

"右侧视频中的女性，正是斯普林菲尔德女士的演员。演员的个人信息还请保密。"

视频开始播放，很明显左侧视频中的角色在追踪右侧视频演员的动作，如果后者歪了歪头，前者也随之做出相应动作，这中间大概有0.5秒的延迟。

广播体操的旋律响起，右边的演员和着节奏开始做起广播体操。

0.5秒后，左边的斯普林菲尔德女士也开始做广播体操。

棚町从旁解说道：

"请注意观察斯普林菲尔德女士的表情以及脚尖。"

演员一边做体操一边大幅度地眨眼睛，虽然斯普林菲尔德女士也相应地眨巴着眼睛，眼皮却没有完全合上。

未来看向棚町，后者呢喃道：

"通信速度不够快，导致数据传输不完整。简单来说就是，眨眼动作结束瞬间的拍摄数据丢失了。"

未来赶紧看向斯普林菲尔德女士的脚尖。

从脚踝到脚尖都明显在颤抖。

但演员的脚完全没有抖，稳稳地踩在地板上。

棚町为未来解惑道：

"是斯普林菲尔德女士的脚尖在'自作主张'地动。因为追踪不到演员脚尖的动态，所以斯普林菲尔德女士的脚尖就有点不知所措了。"

视频结束了。

棚町又打开了另一个视频文件，说道：

"刚才的视频展现的是常规摄影系统，接下来我们看看托莉使用的摄影系统。"

与刚才类似，液晶屏幕的左右两侧出现了两段视频。

左侧视频中的CG角色是天之川托莉，她一会儿在东急涩谷蓝塔大饭店楼顶跳舞，一会儿又穿行于枪林弹雨之间，一会儿又将山贼团伙一网打尽。托莉身穿骑手服，一头金发扎成两股，抱着胳膊，修长的双腿与肩同宽昂然站定，表情略显冷峻。

与之同时，画面右侧的视频中出现天之川托莉演员的全身镜头，正是之前一举击倒六名壮汉的双马尾黑发女子。

演员的外形和托莉的CG形象几乎一模一样。同样身穿骑手服的她正抱着双臂，双腿与肩同宽昂然站定。要是隔得再远些，怕是都看不出区别来。

看得出右侧的视频是在工作室内录制的，或许就是第一工作室？房间的角落里安设了黑色三脚架，上边放着黑色的箱形器械，未来看得出那是激光扫描仪。

棚町微笑着解说道：

"我已经跟她说了，让她随便做几个动作供您参考。"

演员有些不耐烦地抬起右手，CG角色马上如同镜像一般做出了相同动作。

未来惊叹道：

"反应速度好快，几乎没有延迟。"

棚町不以为意地问道：

"您看过迈克尔·杰克逊的《犯罪高手》吗？现场或者MV都可以。"

未来摇了摇头：

"外国音乐我不太熟。"

"我现在手头上没有歌曲文件，但可以让您先看看舞蹈的部分。"

演员放下右手，随后摆出右手朝着右下方，左手朝着左上方的姿势，头部略微向后。

天之川托莉和演员原本空空如也的双手此刻仿佛握着一挺机枪。

未来仔细观看天之川托莉的表演，同时比对真人与CG角色的动态。现在演员和托莉都在一边微笑一边跳舞。

从动作细节到表情都如出一辙，仿佛镜像一般。

未来不由得感叹道：

"连眨眼的动作都得到了完美再现，手指的动作也无可挑剔。"

演出者的表现堪称完美。虽然未来对迈克尔·杰克逊所知甚少，但一样看得出对方舞技的高妙之处。

令人惊奇的不仅仅是演员的表演技巧，借助强大的摄影系统，演员的惊艳演技被完美呈现在电子世界当中。

未来在脑中将这个视频与刚才看过的斯普林菲尔德女士的视频做了一番比较。

斯普林菲尔德女士这一角色无疑非常可爱，但不具备天之川托莉那种细致入微的表情变化，以及从头到脚栩栩如生的表现力。

虽然这么说有些刻薄，但在天之川托莉面前，斯普林菲尔德女士只能算是一具徒有可爱劲儿的玩偶。

而作为VTuber的天之川托莉，堪称融合了演员优秀表现力与尖端技术的奇迹产物。

棚町的手机来电话了。

他将手机放在耳边，皱着眉说道：

"托莉不见了？因为情绪不佳先回去了？"

棚町挂断电话抱怨道："真是让人头疼。"

"想必您已经听到了，因为无法使用熟悉的摄影系统，托莉不太开心。其他的摄影系统性能跟不上，所以她才会情绪失控。"

稳妥起见，未来出言确认道：

"从刚才开始您就'托莉'长'托莉'短的，应该都是在说作为CG角色的托莉吧？"

棚町闻言一愣：

"不，我指的都是那位演员。"

"VTuber界都习惯用VTuber的名字称呼演员吗？这位演员的真名是？"

"我也不知道她的真名。虽然肯定有其他真名，但她一贯都自称'天之川托莉'。"

未来有些无语：

"亏得您还和她签约了呢。"

棚町歪了歪头，问：

"这很奇怪吗？合同这种东西，只要以太直播和演员本人没意见不就行了？"

未来心想，难不成是我自己的理解出了问题？VTuber业界的未解之谜未免太多了。

也没有别的办法，今后就有样学样地称呼演员为"天之川托莉"吧。

未来向棚町提出一个要求：

"总之先确认一下到底是什么摄影系统吧。麻烦开一下第一工作室的门。"

棚町稍作犹豫之后方才回答道：

"可以是可以，不过那个摄影系统只有托莉本人能够操作，所以现在无法实际启动，这样要不要紧呀？"

未来微微一笑：

"就算不启动，也多少能获取一些信息。"

未来跟随棚町进入第一工作室。

房间面积大约六十平方米，作为个人工作室来说足够宽敞。

中央的舞台四周配置有四台黑乎乎的摄影器材，都用三脚架支起。

工作室的角落处有一张桌子，上边放着一个大约30厘米高的机箱、一个键盘和一台40英寸的显示器。

除此之外看不到任何演员的私人物品，大概是摄影系统停用后就马上收拾了吧。

未来靠近其中一台三脚架，开始观察上边的摄影器材。

这应该不是摄像机，虽然装有半透明的黑色镜头，但显然和摄像机镜头有些不同。

未来语气肯定地问道：

"从镜头的特征来看，这应该是使用激光的摄影系统吧？"

棚町点点头：

"没错。"

"激光的解析度单位是微米，能够将演员的细微表情变化反映到CG角色上去，对吗？"

棚町点点头，呻吟般地回答道：

"托莉大红大紫的原因之一，就是她生动的表情。借助激光摄影，天之川托莉的表情能够无限趋近于真人。"

"托莉的这套摄影系统是从哪儿弄来的？还是说是棚町先生您替她准备的？"

棚町缓缓摇头，回道：

"设备都是托莉自己的。加入以太直播那会儿，她手上就有这套设备了。"

"您问过她是在哪里弄到的吗？"

棚町皱了皱眉回答：

"据说是网购的。"

未来看了看棚町，又看了看摄影系统。

网购？

未来追问道：

"您知道设备的品牌名吗？这将涉及责任具体在谁身上的问题，如果真的构成侵权，那托莉就相当于是购买了侵权商品。"

棚町有些困惑地回答道：

"品牌方叫'如月测绘仪器'。我之前也查过，发现他们家的官网已经没了，具体的麻烦问托莉本人。"

他又面带惊讶地补问了一句：

"真的构成侵权了吗？"

未来老老实实地回答道：

"现在还说不准。得先调查摄影系统，甚至有可能需要请专业人士来评估整套器材。这点您能接受吗？"

棚町点点头，小声问道：

"托莉要停工到什么时候呢？"

几乎每位客户都会问类似的问题。对此，未来的答案也是一如既往，没有其他选项：

"至少需要停工到两周后的回应期限为止。"

棚町的回应声既像呢喃，又像恳求：

"如果两周时间都不出镜，即便是天之川托莉也会很快被人遗忘的。"

这应该是棚町的真心话。现如今，任何热门东西的生命周期都很短暂。

但未来不以为意地说道：

"只能请您再忍忍了。您也不希望这事儿最后闹上法庭，对不对？"

棚町如梦初醒般回答道：

"请务必不要让此事闹上法庭，否则会给托莉的个人经历带来污点。"

他紧接着又补了一句：

"就算真的侵权了，我也不希望托莉的VTuber事业因此受到影响。这事儿要是能够私了，赔点钱也不是不可以。"

未来斩钉截铁地回绝道：

"就算真的能用钱解决，也最好不要这么做。若是轻易服软花钱消灾，只会在业内留下'人傻钱多'的恶名，接下来各种警告函会纷至沓来。"

在和棚町探讨的过程中，未来已经意识到本次委托的重点根本不在于金钱。她又补了一句：

"米谷的主要目的不是为了钱，而是让贵司停止使用这套摄影系统。"

闻言，棚町显得有些惊讶，问：

"为什么您能这么肯定？"

"因为警告函中提及的赔偿金额太过随意了。显然对方压根儿不在意能拿到多少赔偿金。"

棚町点点头：

"确实如此。如果对方的目的是讹钱，就应该定一个更为实际的金额。总营业额的10%也太夸张了。"

说完，棚町又露出不解的表情：

"可真要如此，警告函只要求我们停用摄影系统不就好了？"

"要求赔偿损失和要求停用技术通常是打包在一起的。"

这一解释似乎不太能说服棚町。他问道：

"照您这么说，米谷为什么会如此在意摄影系统呢？"

这也是未来一直在思考的问题。她开口道：

"通过警告函让对方停用某项技术，其最大的好处便是能够剔除竞争对手，一旦分享蛋糕的对手消失，己方的收益自然便会提升。"

棚町马上提出反对意见：

"可米谷也不是我司的竞争对手呀？他们公司不是研发测绘软件的吗？经营范围和我司完全不同。"

未来只能点头表示同意。

可如此一来，就摸不透警告函的真意，也就是米谷的真正目的了。

未来按捺住心中的焦躁情绪，开始整理目前的已知信息：

"今天恐怕只能到这里了。我会在接下来的一周内完成摄影系统的调查以及专利内容的比对，其中的摄影系统需要委托专家进行分析，因此需要贵方的许可。"

棚町郑重其事地鞠了一躬：

"明白。我会去联系托莉。"

走出以太直播所在的大楼后，未来看了看手表。今天的沟通耗时比想象中短，甚至还不到一小时，天色依旧明亮。

突然，一辆大红色的阿斯顿·马丁出现在了未来视野的角落。这辆豪车就停在对面的车道上。

由于是敞篷车，未来能够清晰地看见驾驶座上的那名黑发女子。

女子不是别人，正是天之川托莉。

天之川托莉正在用手机和人通话，未来躲到对方视野的死角处，观察她的动向。

托莉上半身穿着一件背心，还戴了一副墨镜，但此刻头发并未扎起。

因为戴了墨镜，未来看不清对方细微的表情变化，但紧绷的嘴角显然说明此刻的她心情欠佳。

就在这时，一辆出租车从未来这边的车道驶过。未来毫不犹豫地抬手让出租车停了下来。

就在未来钻进出租车的同时，托莉也挂断电话，发动座驾。

未来语气淡定地对中年出租车司机说道：

"跟上对面那辆阿斯顿·马丁。"

她这么做纯粹是出于好奇。

难得来一趟，就来略微窥探一下人气VTuber的私生活吧。

2

阿斯顿·马丁优雅地奔驰在县道二号线上。

从武藏小杉站向北开了大约二十分钟后，阿斯顿·马丁停在了驹泽奥林匹克公园①附近的投币式停车场内。

未来递给司机一张五千日元的纸钞后直接下了车。此时此刻，她再次感到事先将行李箱寄回家是明智之举。

一身背心热裤打扮的托莉将巨大的波士顿包背在肩上，朝运动场走去。未来蹑手蹑脚地跟在她身后。

―――――――――

① 位于东京都世田谷区的运动公园，曾经是1964年东京奥运会的比赛主场地之一。

75

托莉的目的地是田径场。

未来有些不解。如果只是跑步，大可不必专程跑一趟田径场，公园里边随便找个地方跑跑不就好了吗？

驹泽公园一年四季都有大量跑步爱好者出没，不过对未来而言，还是肉类节①更有吸引力。

不过托莉也有可能只是想找个换衣服的地方。

未来也跟着走进田径场。

果不其然，托莉走进了更衣室。

场地那边传来接近呻吟的喊叫声，大概是在投标枪或扔铅球吧。

未来以前处理过和田径运动饮料有关的商标侵权事件，并从中学到了不少田径运动的相关知识，甚至还亲临现场看了好几场比赛。

没过多久，托莉从更衣室里走了出来。此刻的她穿着蓝色背心和比赛用蓝色紧身裤，一头长发则扎成了马尾。除发型之外，其他打扮和她在工作室里的时候并无太大区别。

托莉径直朝跑道走去。

未来感到越发困惑。从托莉这身行头来看，她似乎并不打算简单地跑跑步，而是要正经八百地参加田径比赛。

---

① 从2014年开始，日本每年都会举办的肉类美食节。活动期间，日本国内外的各大肉类厂商会齐聚现场出摊，提供各种肉食供参观者享用。驹泽公园多次承办了该项活动。

跑道和场地上随处可见大学生模样的年轻人，他们个个都穿着蓝色运动短袖，人数超过五十。

未来走上看台。

夕阳西下，场地内的照明辉煌夺目。

未来注意到，那些年轻人的运动服队标上写有"日本体育大学田径社"的字样。

日本体育大学的校区距离驹泽公园不远，快跑几步的话五分钟就能到。

没记错的话，该校的田径社男女成员加一起，人数超过四百人，显然这会儿不是所有人都在场。

大概是在进行强化集训？大家看起来都相当认真。

未来看向前方的四百米跑道。每条赛道上均设置有十道跨栏，看来是要进行四百米跨栏竞跑。

跑道那头站着四名选手，此刻正在稍作休息。每个人的表情都仿佛患了重感冒似的。

一名社团经理模样的女学生宣布休息时间结束。

选手们闻言起身，如同走向断头台的死囚一般朝跑道挪动步子。

随后，经理高亢的声音响彻整个运动场：

"第一轮第四组，预备——开始！"

紧接着响起的，是一个教练模样的壮年男子的怒吼：

"起身太慢了！注意脑袋！不要昂首！"

未来躲到看台椅子的阴影处，抚了抚胸口。

之前处理商标侵权案的时候，她曾从田径相关人士那里听过这么一种说法：四百米跨栏这项短距离竞技非常辛苦，参与人数极少，所以反倒被揶揄为"最容易拿金牌"的田径项目。

事实上，光是看选手们在跑道上跑，未来就觉得心累。

就在这时，天之川托莉也出现在跑道上。

几名教练马上跑了过去，兴高采烈地和托莉打起招呼。

难不成天之川托莉是日本体育大学的毕业生？又或者，她就是该校的在读生？

但这两种猜测显然都不符事实，因为托莉确实在和几名教练交谈，却完全没有理会其他学生。

随后托莉开始独自默默地热身，与之同时，跨栏训练还在继续，但不知不觉中参与人数已经从刚才的四人减少为两人。

托莉走到空出来的一条赛道上。

未来忍不住从看台探出身子。托莉居然要跑四百米跨栏？

转眼之间，她已经轻松跨过了前五道障碍。

虽然半道上剩下的两名学生也先后离场，缺乏比较对象，但毫无疑问，托莉的速度是无人能够望其项背的。

随后跨栏被撤去，但练习还在继续。夜色渐深，现场的照明亮度明显提高了。

成员轮换，接下来进行的是中长距离项目的练习。

托莉随后又参与了八百米、一千六百米竞跑的练习。看她的架势，与其说是跟着日本体育大学的学生一块集训，倒不如说是带着这群后生们在赛场上拼搏。

未来在看台的最前排随便找了一个位子坐下。她本打算从旁悄悄观察托莉的行为，现在却觉得这么做其实有点可笑，索性双手托腮堂堂正正地看个痛快。

位于跑道内侧的草坪之上，投掷类的田赛项目训练开始了。一名高个子男生举着标枪慢悠悠地走入场中。

托莉此刻正在进行一千六百米长跑，并且位于领先的队伍之中。看见男生走入场中后，她飞速离开赛跑人群，跑入田赛场地。

未来顿时有一种奇妙的预感。

果不其然，托莉对那名男生说了些什么。虽然听不清对话的具体内容，但托莉指着标枪的动作已经说明了一切。

男生看了看标枪，又看了看托莉，最后有些不知所措地看向场外的教练。

教练只能面露苦笑。

男生耸了耸肩，随手将那支长约两米五的标枪交给托莉。

未来惊讶地直起身来。那男生居然就这么轻易地将标枪交给了托莉？

托莉举起标枪，意气风发地走向助跑跑道。

场内负责测量距离的社团成员纷纷退后。

托莉举着标枪一动不动，如同雕像一般。

随后她踏出一步，感觉就算她进行一百次助跑，每次也都能踩在同一个点上。

准备，出手，站定——整个过程一气呵成，没有丝毫拖泥带水。

标枪瞬间消失在黑暗之中，但马上便重新显现。

未来脑海中浮现出之前看过的奥运会画面。

她忍不住叫出声来：

"这人是扬·热莱兹尼[①]吗！"

标枪足足飞了五十多米。可惜因为用的不是女子标枪，这一纪录不能正式作数。要是托莉接受一段时间的正规训练，获得奥运参赛资格估计也并非痴人说梦。

在跑道和田赛场地"大闹"了一番之后，托莉离开了运动场。此时刚过晚上八点。

托莉将自己的阿斯顿·马丁开出停车场，驶入前往目黑方向的车道。

她这会儿总该要回家了吧？

---

① 捷克前男子标枪运动员，同时也是奥运冠军和世界纪录的保持者。

未来扭头一瞧，正好又有辆出租车开了过来。

要不然就一路跟到她家门口吧。未来招手拦下出租车。

"跟上前边那辆红色的阿斯顿·马丁。"

托莉将车停在了目黑站附近的投币式停车场内，然后走进旁边的一家酒吧。

从招牌来看似乎是一家爵士酒吧。

酒吧位于地下，看着蜿蜒而下的阶梯，未来有些诧异。

这人居然开车来喝酒？

未来突然感到有些焦躁。此刻的她腹中空空，早知如此，就该恭敬不如从命，在以太直播那边吃些寿司再离开。

地下传来似有若无的爵士乐声。

这都是托莉的错。都怪她没有老老实实回家，摄影系统的调查才会全无进展。

要是托莉真打算在这儿小酌几杯，未来倒想问问她之后要怎么开车回家。

未来走下楼梯。

她轻手轻脚地打开门，走进酒吧。室内光线昏暗，只能依稀看见有五十来个座位。

门字形的吧台就在入口处的台阶下方。

吧台上倒放着大量的酒杯，在橙色灯光映照之下，玻璃杯闪着暗淡的光芒。

酒吧几乎已经客满，而且什么样的酒客都有。既有西装革履的中年胡子男，也有身着T恤和戴着棒球帽的年轻男子，甚至还有打扮考究的老太太。

最里边的舞台上，小号手和钢琴师正在演奏《如果我将失去你》①。

未来在吧台前找了个位子坐下，开始寻找托莉的踪影。然而室内太过昏暗，加上酒客众多，找起来相当费劲。

调酒师递给未来一份细长的菜单，看来是酒水单。

未来郑重其事地将酒水单推了回去，找调酒师要了食品单。拜以太直播所赐，今天饿了一天肚子，现在可得好好补充补充能量。

未来点了炸薯条。薯条能多少垫垫肚子，而且上菜应该也会比较快。

然而调酒师居然从脚边拿出了一颗完整的土豆。呃，难道还得先切再炸？

等待上菜的过程中，未来开始扫视整个酒吧。托莉到底人在哪里？

一曲奏罢，演奏者们急急忙忙地离开舞台。

轮到另一批演奏者登场了。架子鼓、大提琴和乐谱架被先后搬上，最后麦克风支架被安放在舞台中央。

酒吧内的喧哗声越发大了。

---

① 1936年上映的电影《牧场的玫瑰》的剧中歌曲，拉尔夫·赖因格作曲，里奥·罗宾作词。

一片黑暗之中，演奏者们在静静等待。

吧台里边传来滚油嗞嗞作响的声音。麻烦炸快点儿。

位于视野角落的舞台突然亮了起来。

酒吧内的气氛瞬间达到高潮。

未来抬头一瞧，发现站在舞台上的女子不是别人，正是天之川托莉。此刻的她身着水蓝色紧身晚礼服，披散着一头长发，显得相当怡然自得。

现场响起雷鸣般的掌声和欢呼声。

未来不由得脱口而出：

"这是打算自己唱歌啊？"

看现场的气氛，今天的酒客们似乎都很期待托莉的登场。

也不知道托莉是觉得这些掌声和欢呼声太理所当然呢，还是对其他人全无兴趣，只见她头也不抬地握住麦克风支架。

铜钹响起，仿佛在发出某种危险的预告。

当近乎焦躁的兴奋感到达极限的瞬间，天之川托莉猛然双目圆睁。

那是如同孤烟般苍茫，却又无比甜美的歌声。

酒客们一个个听得如痴如醉。

这人真是个怪物——未来一边想一边伸手去拿薯条。

托莉毫无间断地足足唱了三个小时，脸上却不见半点疲态，甚至音色越发清亮了。

接近零点时分，表演结束。

托莉满脸通红地放下麦克风，嘟起了嘴，明显还意犹未尽。现场再次掌声雷动，气氛之热烈不亚于托莉登场的时候。

半数酒客一脸满足地离开了酒吧，剩下的一半人则还沉浸在歌曲的余韵之中。

调酒师正略显不满地和客人聊着天。

"真是对不住，本周只有一组乐队时间合适。下周我们会安排两组乐队，一如往常地表演到天亮为止。"

托莉又不见了人影，似乎是钻到后台去了。

未来向调酒师问道：

"你们家经常举办刚才那种歌手耐力大比拼一般的活动吗？"

未来伸手指了指员工休息室的门。

调酒师一边擦酒杯一边微笑道：

"您说她啊？她是一年前突然找上门来的，开口就说'我想唱歌'。当天本来有活动安排，可乐队成员临时有事，就在开演的前一刻不得不取消表演。不过当时客人们已经到了不少，索性就让她上台救场唱了几首。您别说，唱得还真不赖。"

砰！员工休息室的大门被粗暴地推开了。身着晚礼服的托莉大大咧咧地走了出来，坐在未来身旁。

此刻的她似乎心情不佳，纤细的鹅蛋脸表情有些沮丧，仿佛一个没录到想看的动画节目的孩子。

调酒师往加了冰块的酒杯里倒了一些矿泉水，递给托莉。

托莉接过杯子喝了起来。

未来面向托莉，坦诚地陈述自己的感想：

"在工作室里把同事揍得东倒西歪，随后跑去参加日本体育大学田径社的集训，晚上又来酒吧唱这种慢节奏的歌曲——真不知道您这日子是过得算优雅呢，还是算辛苦呢。"

咕咚咕咚咕咚，托莉一口气喝干了杯中的冰水。

她"啪"的一声将酒杯放在吧台上，用手指抹了抹嘴唇，说道：

"你是老板派来监视我的吗？要是我愿意，完全可以报警。今天本打算通过运动发泄发泄，可好巧不巧健身房不开门，所以只能又去叨扰体育大学的田径社，姑且凑合一下。然后歌也唱得不够尽兴，压力完全发泄不出来，这种感觉你明白吗？"

看来托莉不是第一次参与日本体育大学的集训了，不得不说两边都挺疯狂的，大学那边应该是想把托莉当成选手培养。

未来眯缝起眼睛看了看托莉：

"比起警察，我更怕挨您的揍。"

调酒师似乎意识到了什么，赶忙将酒杯收了回去。

托莉清澈的目光扫向未来：

"这还不都怪你？是你说至少得停更两周的，对不对？"

未来有种被宝石盯着的感觉，她交叉胳膊抱在胸前，侧过身来说道：

"这事儿您不该怪我，而应该去怪寄警告函的人。"

托莉用力撇了撇嘴：

"听老板说真岛那老鬼撂挑子了，所以另外雇了个中介还是代办人什么的，没想到居然是个这么不讨人喜欢的货。"

未来忍不住面朝托莉纠正道：

"我是专利代理师，而不是什么中介或者说代办人。麻烦您注意一下措辞。"

托莉猛然将脸凑到未来跟前，怒喝道：

"你在教我做事？"

调酒师赶忙从旁劝阻：

"别这样，托莉。再引发暴力事件的话就不让你上台了。"

托莉闻言坐了回去，但视线并未从未来身上挪开。

未来看了看调酒师，又看了看托莉。

随后小声向托莉问道：

"现实生活中您也自称'托莉'吗？演员的个人信息难道不是公司机密？而且您的CG造型和真人形象几无二致，会露馅儿的哦。"

托莉自嘲般笑了笑：

"光是一个名字怎么可能露馅。发色和发型都不一样，而且这家店的客人都只看现场演出，绝不可能去关注什么VTuber。反正到目前为止还没人发现，况且我也不想透露真正意义上的个人信息，所以无论是网上还是现实中，我都只是天之川托莉而已，在这里也是一样。"

托莉确认了一下周边酒客的视线后，用手将一头黑发分成两束。

在以太直播工作室里痛揍其他同事的那位演员顿时出现在未来面前。

在被他人注意到之前，托莉迅速放开头发，任其如瀑布一般落在肩上。

她坏笑着回答道：

"不过为了避免老板发火，我不会在公共场合这么打扮。"

未来在脑海中比较天之川托莉的CG形象和眼前身着晚礼服的真人版托莉。

还是觉得几乎一模一样。

未来有些不解地问道：

"虽然VTuber我不太熟，但印象中没听说过哪个VTuber的虚拟形象和演员一模一样的。您的CG形象是怎么做出来的？"

托莉若无其事地反问道：

"看过《阿凡达》吗？那片子的主角能够操控某种人造生命体对不对？就跟那个比较类似。"

未来脑中浮现出沉睡在水槽中的蓝色男性躯体：

"请不要开玩笑，CG和人造生命体不能混为一谈。"

托莉笑着回答道：

"区别无非就是2D角色和我这样的3D可动角色。3D角色首先得有原画，然后将原画加工成3D的CG，这就得用上专业3D制作软件了。"

"原画和3D的CG模型都是您自己做的吗？"

"怎么可能。网上多的是接这种单子的专业人士。我只是下了个单，让别人把我的个人形象进行3D化而已。"

"您不是不想泄露个人信息吗？"

"话虽如此，我也不乐意完全变成'另一个人'。"

"您这人还真是矫情。"

"你说啥？"

"没啥。"

未来只是出于好奇才多问了几句。毕竟本次委托内容与CG角色制作无关，用不着过度纠结。

未来将最后一根薯条放进嘴里。

就在她咀嚼薯条的时候，托莉突然十分不爽地说道：

"那个真岛律师一到关键时刻就完全靠不住。我是不知道老板花了多少钱雇你，不过想必也和其他人一样，都是想从以太直播身上吸血而已。"

未来将薯条咽下，冷笑一声：

"真岛律师这么做是非常明智的，因为他很清楚这次的案子超出了自己的能力范围。不得不说，这次的委托的确谜团重重。"

托莉有些不悦，斩钉截铁地说道：

"我用的摄影器材都是从别人那儿买来的，没道理被问责。"

"话虽如此，我们还是有必要确认是否存在侵权行为。"

托莉不解地问道：

"为什么？"

"专利权就是这么个道理。"

托莉的表情越发阴霾地说道：

"被碰瓷这么多回，就数这次最让人火大。"

"确实如此。寄来的信件中甚至连该有的对应专利权明细表都没有，的确很像碰瓷的。"

托莉缓缓扭头，看向未来：

"对应专利权明细表是啥？我对这些一窍不通，麻烦解释清楚。"

"是用来证明确有侵权行为的资料，对于警告函来说是必备的。"

托莉盯着未来的眼睛看：

"也就是说，对方没有最为关键的证据？"

未来点点头，道：

"侵权纠纷须要持有专利的一方提供证据，所以如果没有对应专利权明细表，米谷发来的警告函不过是一纸空文，毕竟空口无凭嘛。"

托莉有些惊讶：

"对方做事这么随性的吗？"

"因为现在只是前期交涉阶段，还没到诉讼环节，所以用不着太按规矩来。但我们有必要做好最坏的打算。"

托莉闷闷不乐地问道：

"听老板说，我现在用的摄影器材出处有点可疑，是真的吗？"

未来当即点了点头，回答道：

"是很可疑。如果您购买的摄影器材是侵权产品，那就意味着如月测绘仪器这家公司存在侵权行为。所以有必要让他们也承担相应责任，哪怕是部分责任也好。"

托莉撇开视线，说道：

"我这边已经没什么好说的了，老板已经都告诉你了吧？"

未来将脸凑得近了些：

"您还保留有购买时的确认邮件，或者是发票吗？如果是网上付的款，收款方的信息还记得吗？如果有任何与卖方有关的信息，都请告诉我。"

托莉犹豫了一会儿后回答道：

"购买记录可能还有。我是在网络二手市场买的。"

VTuber所需的一系列器材，居然可以在网络二手市场买到？

未来有点吃惊，不过既然如此，应该能查出摄影器材的销售方了。

她继续问：

"您现在还查得到收款方的账号吗？要是查得到会很有帮助。"

托莉摇了摇头：

"当时是匿名派送，完全不知道发货人的相关信息。唯一知道的只有'如月测绘仪器'这么个用户名而已。"

未来忍不住拍了拍吧台：

"真是的，为啥还要大费周章地搞什么匿名配送啊！"

"啪"的一声！托莉也拍了拍吧台。

调酒师脸色一变，抬头向上看去。吧台上方的玻璃杯正如同风铃一般"哐啷哐啷"地惨叫。

托莉将脸凑得极近，仿佛要将未来吃掉似的：

"跟我抱怨有啥用？要怪就去怪卖家呀，虽说现在已经找不到人了。"

未来以手扶额：

"明白，之后我方会继续调查。"

托莉皮笑肉不笑地问道：

"专利代理师还干侦探的活儿？"

未来郑重其事地点点头：

"我们是可以委托信用调查所进行调查的。"

托莉似乎有点意外，一时间气场弱了下去，问：

"就算找到厂商又如何？真的能让他们担责吗？"

未来解释道：

"我是为了找他们详细讲解这一摄影系统。虽说也可以委托专家进行解析，不过要是能找到厂商，直接问他们是最快的。至于问责嘛，首先须要明确一点，那就是您暂停活动所造成的损失是任何人都无法补偿的。"

托莉呆然呢喃道：

"专利权这东西这么麻烦呀。"

未来装作没听到托莉的感慨，继续说道：

"您的视频我已经看过了。虽说我不太了解VTuber，但还是看得出来您视频的品质领先其他VTuber不止一个身位。表情变化细致入微，我能理解您为什么那么受欢迎。"

托莉"哼"地嗤笑了一声：

"但可能差不多到头了。我也尝试过用其他摄影系统拍摄，但效果很差，完全不配冠以天之川托莉的名头。我拍视频，必须有这套系统。"

未来盯着托莉的眼睛问道：

"我确认一下哦，您今后打算从事常规类型的艺术创作吗？"

托莉自嘲地笑了笑：

"你的意思是要我考虑后路？"

"并不是，我只是出于好奇问一句罢了。感觉您就算不借助CG角色也一样能够大红大紫，不是吗？"

托莉瞥了未来一眼，看向吧台内侧，说：

"我才不干哩。要是真成了现实世界的明星或者艺术家，鬼知道会牺牲多少个人隐私。我这人受不了没有隐私的生活——想跑就跑，想跳就跳，想唱就唱，否则我活不下去。"

说这话的时候，托莉的语气有些不安。

她像是说给自己听似的呢喃道：

"VTuber是我唯一的选择。我只能靠这项技术活下去。"

未来平静地说道：

"我倒是挺羡慕您的才华。"

视野一侧，调酒师露出惊讶的神情。

托莉也很惊讶：

"怎么突然间冒出这么一句？你也想当VTuber吗？"

未来否认道：

"我没有创造方面的才华，所以永远无法展现魅力四射的表演，也不会研发方便好用的超薄电视，既不会申请专利，也不会侵权。"

托莉听得一头雾水，但未来不以为意地继续说道：

"但我可以守护他人。"

未来看向托莉，继续道：

"我既可以借助专利来守护才华，也有办法让弥足珍贵的才华不被专利吞噬。这些都是身为专利代理师的工作。"

托莉死死盯着未来，似乎在审视什么：

"侵权不是不对的吗？"

"就算真的侵权了，只要让其变得'没侵权'就好。"

托莉闻言目瞪口呆，而未来只是淡然一笑，说道：

"我一定会守护您的才华。"

3

凌晨三点，未来才回到自己位于广尾①的公寓。

刚一进房间，阿姚的电话就打过来了。她也还没睡啊？

未来接通电话，主要目的是想抱怨几句。

谁承想电话那头的阿姚先抱怨起来了：

"你怎么还没睡，上哪儿鬼混去了？赶紧睡觉。"

未来对着手机怒吼道：

"我是跟客户沟通到了现在这个点！龟井那边怎么样了？"

阿姚愤愤不平地回答道：

"不出所料，皆川那家伙果然像个混混似的，开了个相当离谱的收购价格。龟井整个人都不好了，所以目前还没个结论。明天——啊，现在应该算是今天了——还得继续讨价还价。"

按道理说着急的应该是皆川电工才对，真搞不懂他们在硬气什么。

未来询问阿姚今后的计划：

"那龟井制作所和皆川电工那边你打算怎么收场呢？专利方面的活儿已经告一段落，接下来就看你这位大律师

① 位于东京都涩谷区，其中二丁目与三丁目的高地是东京都内具代表性的高级住宅区之一。

的了。"

"计划不变。龟井制作所也好皆川电工也罢，这次都得给我出点儿血，不要让一方吃亏太多就成。VTuber那边的情况如何？"

未来大致说明了一下今天一整天的状况。

阿姚马上回答道：

"优先调查摄影系统。首先必须明确委托方是否真存在侵权行为，如果对方说什么你就信什么，之后的谈判绝对会输得很难看。"

未来表示赞同，随后又问道：

"你觉得米谷的真正目的是什么？警告函提了索赔金额，同时还要求停止使用该项技术，你觉得哪个才是他们的主要目的？"

阿姚斩钉截铁地回答道：

"那必须是索赔呀。对方无非是想找冤大头讨几个子儿花花。真要是碰瓷成功那就是意外之喜，就算不成功也毫无损失。我要是米谷的话，一样会先发一封警告函再说。"

"真要如此的话，他们应该会定一个更现实些的金额吧。"

"正相反，一般这种情况都会在最开始漫天要价。米谷那边应该也没指望能以最开始的金额成交，所以先甩一个高价过来再说。"

阿姚的看法也不无道理。

"事实上米谷应该并不希望以太直播停止使用该项技术。毕竟两家企业并非竞争对手，VTuber收益再好，也影响不到米谷自身的业绩，所以最划算的当然还是授权给以太直播让他们继续该干吗干吗，然后坐收授权费就好了。"

"那为啥米谷要把'要求停止使用该项技术'写在警告函里？"

"写还是得假惺惺地写上去的。按照业内规矩，索赔金额和要求停用从来都是孟不离焦，焦不离孟。"

未来只能点头附和，阿姚的看法很实在。

但总感觉哪里有些不对劲。

"要是以太直播真的不再使用该项技术，又该如何是好呢？"

"米谷大概会忙不迭地跑去游说以太直播，说什么'我们会给你授权的，可别不干了呀'之类的话吧。总之等谈判进行到一定程度，米谷必然会找个合适的时机和对方提授权费的事儿。"

未来决定在一定程度上采纳阿姚的看法。

"懂了。那现阶段就暂且认为对方是图财，进而起草应对方案好了。话又说回来，如果米谷的目的真的只是钱，说不定他们压根就没做对应专利权明细表这种费事儿的文件呢。"

阿姚笑着回答道：

"可不是？没准你一问他们要对应专利权明细表，对方就立马成了缩头乌龟，从此消失不见。"

未来可没办法这么乐观，作为代理人，她必须事先做好最坏的打算。当务之急，还是调查天之川托莉的摄影系统。

未来向阿姚提了个补充人手的建议：

"接下来就该确认是否真的存在侵权行为。既然要调查天之川托莉的摄影系统，就该轮到新堂出场了。"

未来口中的"新堂"全名叫作新堂明良，是榭寄生经常雇用的工程师。

阿姚爽快地同意了：

"那哥们之前还在感叹说：'按照现在这个节奏接活儿，过不了多久保密合同就得铺满地板了。'所以你也别把人家折腾得太辛苦。"

4

次日早晨，未来联系了新堂。

新堂原本是ARM公司的现场工程师（Field Engineer）。这男人做事情没什么常性，基本上两三年便会换一次工作，手机公司、半导体厂家都待过。

现如今他是自由职业者，靠给其他公司担任技术顾问过活，不过未来并不清楚他工作的具体内容。

一小时后，新堂出现在了武藏小杉站。他是瘦高个儿，穿着一件皱巴巴的衬衫和一条牛仔裤。

新堂意气风发地抬起手打招呼，说道：

"槲寄生专利法律事务所是真会使唤人呀。"

未来双手叉腰，相当不客气地回答道：

"懂专利的工程师可不是哪儿都有的，你应该为自己的市场价值感到高兴。"

未来带着新堂来到以太直播事务所所在的大楼。

当着棚町的面，未来让新堂签下了保密协议。

接着他们来到安放托莉摄影系统的第一工作室，新堂的情绪顿时高涨起来。

未来将昨晚从托莉那里打听来的ID和密码告诉新堂后，后者开始兴奋地解析摄影系统。未来则在工作室的一角找了一张椅子坐下，姑且算是监督。

新堂一会儿敲敲服务器的键盘，一会儿在激光扫描仪的前方绕来绕去，一会儿又回到键盘前凝视屏幕。

如此这般重复了半小时之后，新堂呢喃道：

"真让人吃惊，这系统的技术含量相当高，居然是拿测绘用的3D激光扫描仪来追踪人体动作。通过特有的无线通信方式将数据高速传送到服务器，然后作为'点云数据'

处理。"

"点云数据"？这个名词有点陌生。

未来走到新堂身边，后者正死死盯着屏幕。她开口问：

"头一次听说这种处理方式，是用于测绘的技术吗？"

新堂满头大汗地回答道：

"没错。这是一种能够在电脑上再现现实中的土地、建筑的技术。具体方法，是将建筑物的形状转化为坐标数据。每隔十厘米左右测量建筑物的形状，然后转化为坐标数据。"

"这样呀。"

"如果想更为精确地再现建筑物，只需抓取更加详细的坐标即可，但这样一来数据量就会激增。换作以前，就算抓取了非常详细的坐标，也没办法通过电脑进行处理。"

新堂啪嗒啪嗒地敲击键盘的回车键。

"不过现在有了'点云数据'这么个办法。通过点云数据，即便是用激光扫描仪抓取详细坐标，也可以在电脑上实现精细再现。"

"建筑物怎么可能通过'点的集合体'来表现呢？那得要多少点才够呀。激光扫描仪连建筑物表面的起伏都能检测到吧？真要用激光来拍摄的话，建筑物的数据肯定大得吓人。"

"话是这么说，可土地还有建筑物都不会动对不对？所以这并非不可能，反正一共就上方外加前后左右五个面，拍摄一次足矣。"

未来看了看屏幕。画面中出现的是天之川托莉的CG形象。

新堂继续说道：

"这套摄影系统的强大之处，就在通过激光扫描仪追踪人的动作，然后制作成视频的技术上。"

未来问道：

"这样数据量会过大吧？"

新堂一边开始粗略计算一边说：

"如果一台激光扫描仪一次扫描一百万个点，按照30FPS[①]计算，四台扫描仪一起开动的话——"

计算完毕后，他回答道：

"三分钟的视频需要几十TB吧。"

未来视线有些游移。

"一部电影一般也只有1GB大小吧？这三分钟视频的体量都快赶上几万部电影了。目前你解释得挺简单，具体是如何操作的呢？"

新堂重新看向未来：

"最麻烦的问题就是激光扫描仪和服务器之间的数据

---

① 每秒传输帧数（Frames Per Second）。

传输速度。其实服务器倒还好说，关键在于用激光抓取数据后，必须将该数据发送到服务器端，如果采用常规传输方式，会引发网络阻塞进而导致错报。"

未来看了看摄影系统的服务器：

"天之川托莉的工具是啥？"

"她的服务器性能相当强大，不过倒也不是什么太稀罕的设备。"

未来看向新堂的眼睛：

"那信息传输方式呢？"

新堂的视线突然变得锐利：

"很可能就是5G。因为加密部分较多，现阶段只是推测，但要让无线传输如此庞大的数据量，只可能是5G。"

未来咬牙切齿地说道：

"已经可以确定托莉使用了激光技术，同时还大概率使用了5G——也就是说她存在侵权行为的可能性相当大。"

新堂歪了歪脑袋，问道：

"天之川托莉的演员是个啥样的人呀？这套摄影系统的使用门槛可是相当高的。"

未来冷淡地回绝道：

"客户那边严令禁止我透露VTuber的个人信息，所以无可奉告。"

新堂闻言有些不满：

"我们不是签了保密协议的吗？我多少也有点知情权吧。"

未来相当敷衍地说道：

"关于天之川托莉，你能知道的只有这套摄影系统的全部内容而已。要花多久才能确认系统是否使用了5G技术？"

新堂半信半疑地回答道：

"最关键的软件部分被加密了，认真调查的话得花些时间。"

如果调查比较麻烦，恐怕直接去问销售方会更好。

未来向新堂说明了自己的后备方案：

"如果能确认厂商的话，就直接去问他们好了。有办法确认吗？"

新堂的表情有些严峻：

"就算摄影器材是打包销售的，内部配件也有可能分别是其他品牌。甚至有可能只是在市场上购买了现成的器材，然后套了个皮而已。"

未来回忆起皆川电工与龟井制作所的纠纷。皆川的如意算盘，正是将龟井制作所的电视产品吞掉，换皮之后当作自家产品充数。

如果不事先调查清楚，就会在自己都不确定以太直播有没有侵权的情况下和米谷交锋。

若是事态真的演变至此，目前以太直播仅存的反击手段就不是"我们没侵权"，而是"专利有问题，所以你们的指控无效"了。

还是早点委托调查公司为妙。得先确认专利是不是有问题，虽说无从保证一定能找到合适的证据。

新堂表示领命：

"那我就先根据购买时的所知信息展开调查吧。知道厂商的名字吗？"

未来将新堂所需信息通过邮件发给了他。

"如月测绘仪器？听上去是一家生产测绘仪器的公司。这好像是天之川托莉购买的第一部VTuber摄影器材吧？胆子够大的呀，一上来就买这种来路不明的工具。"

未来耸了耸肩，说：

"据说是因为看到了对方的宣传语——'可用作VTuber摄影工具'。你在二手商品网站上买过东西吗？"

"买是买过，但更多时候还是在竞拍网站上买东西。我时常会买二手的扬声器。"

新堂看了看托莉的购买记录，不由得吃了一惊：

"就连二手商品网站上的用户名也是'天之川托莉'？真够高调的。"

"倒不如说她是为了保护个人隐私，所以才哪儿哪儿都用'天之川托莉'这个名字。"

新堂继续摆弄着手机：

"如月测绘仪器这家公司完全不火嘛，二手网站也好拍卖网站也好，一点存在感都没有，也没见谁在出售相同的器材。本来还指望能否在网上找到残留的缓存啥的，看来此路不通。"

　　况且所谓的"如月测绘仪器"其实是二手网站的一个用户名，都未必是什么正经公司，没准是某人注册的时候随便起的。

　　新堂浏览了一遍资料后说道：

　　"总之我会尽我所能地解析器材的内部结构，并且调查卖家相关信息。"

　　未来又补了一句：

　　"解析工作一定要同步进行，我们必须事先明确客户是否真的侵权了。你估计要花多长时间？"

　　新堂一边看向屏幕一边开口：

　　"顺利的话一周，不顺利的话还得更久。"

　　未来可不会给他这么多时间慢慢磨。

　　"三天之内给我解决。我须要确认一件事，那就是5G通信方式——"

　　工作室突然摇晃了起来，仿佛要打断未来的话头一样。

　　这种感觉似曾相识，昨日初访以太直播的时候也发生过这种现象。

　　新堂慌忙推开工作室的门。

两人来到走廊上之后，依稀听见有人在怒吼。随后轰鸣声响起，甚至还传来惨叫。

新堂脸色发青地问：

"该不会地震了吧？还是说其他工作室在录制摔角类节目？"

未来"啧"了一声：

"疯狗又在发神经了。貌似声音是从办公室那边传过来的，惨叫的人好像是棚町先生？有点担心，我们过去瞧瞧吧。"

未来带着新堂穿过走廊，前往棚町的办公室。

在棚町的办公室门口停下脚步后，室内传出的声音变得更为清晰。与工作室不同，办公室的隔音性能看来不太好。

总共能听到三个人的声音，其一是棚町，其二是托莉。

至于第三个人，未来也不知道是何方神圣。

"除了托莉之外还有其他人在里边，难道是其他VTuber？"

新堂猛然瞪大双眼，说道：

"声音高亢，在耳边挥之不去。错不了，里边的人是栟名田卡兰。奇了怪了，这人不是以太直播旗下的艺人呀，为什么会出现在这儿？难不成今天是我的幸运日？"

未来愣了一下，看向新堂：

"你对VTuber很熟吗？光听声音就知道是谁？"

新堂望着棚町办公室的门呢喃着，眼神仿佛在注视天堂一般：

"栉名田卡兰这名VTuber近半年来突然人气高涨。不过这人比较著名的一点是喜欢不分场合地挑衅其他VTuber，因为行为过于恶劣，最近YouTube那边把她的广告都给取消了。不得了不得了，难不成我会在这儿和她来个奇迹般的邂逅？"

未来没理会新堂的亢奋情绪，抬手准备敲门。

就在这时，门那边再次清晰传来高亢的叫喊声，声音之尖锐，仿佛是一台没调好音的乐器所发出的：

"上次的冠军怎么可以缺席？！为了打败天之川托莉，这段时间我可是拼了命地练习唱歌跳舞好吗！"

未来不由得后退了一步。说话这人的音色相当甜腻。

新堂趁机略微推开房门。

透过门缝看去，能窥见棚町和托莉站在房间左侧，前者穿着黑衬衫，后者则是纯白背心加热裤的打扮，长长的黑发扎成两股。

房间的右侧站着一名初中生打扮的短发女孩。女孩身高怕是还不到一米五，穿着纯白女式衬衣和格子裙，整体看去身材没什么曲线。

新堂感叹道：

"这女生叫祐天寺真子，一直有传闻说她就是栉名田卡兰的声优兼角色模特，这么看来所言非虚呀。"

未来对这一名字毫无印象，毕竟她本就对声优领域没有半点涉猎。

新堂兀自开心个没完：

"真的是没想到啊，天之川托莉的演员居然和天之川托莉这个CG角色几乎一模一样，仿佛刚从画面中走出来似的。该不会盘桓一会儿之后又得回到画面中去吧？难以置信，天之川托莉本人居然就在我眼前。这可不是什么Cosplay[①]，托莉——呜！"

未来伸手堵住了新堂的嘴。唉，待会儿得好好洗手了。

办公室内的对话还在继续。

棚町有些困扰地说道：

"毕竟已经夺过一次冠了呀。通常参加'黑洞节'的都是急于打出知名度的新人，让现在的托莉参加恐怕有点不合适吧？"

真子对着托莉大为不满地说道：

"你是打算临阵脱逃吗！是怕输给我吗！回答我！"

未来都想将耳朵堵上了，她很受不了这种音色。

托莉此刻正坐在棚町的办公桌上，她冷冷回答道：

"并没有，我只是很忙而已。你再这么叽里呱啦叫下去，当心我把你的声带取出来烤了吃。"

---

① 又称角色扮演，一般指通过服装、饰品、道具以及化妆来扮演动漫、游戏及影视作品中的人物角色。

真子猛然伸手，指着托莉的鼻尖说道：

"骗谁呢！你这几天完全没有上传视频，对不对？！"

托莉用手背轻轻拨开真子的食指，说道：

"我倒是想请你不要总是通过寄生其他人气主播来增加自己的点击率呢，档次太低了。"

真子再次大喊大叫起来，声音之抑扬顿挫甚是夸张，活像是动画里的角色：

"你说谁是寄生虫？！这叫联动知道吗，联动！被我搭话的那些人一个个都开心得很！"

托莉已经有些不耐烦了：

"我可没说你是寄生虫，虽说这的确是事实。总之我没兴趣和其他人走得太近，所以绝对不会参加。"

真子气得火冒三丈，连嘴角都在颤抖：

"那笑到最后的人可就是我喽！你能接受吗？！"

托莉的表情依旧冷漠：

"有自信的话你就去试试看呗。"

大概是因为急怒攻心，情绪过于激动，真子泫然欲泣地朝门口走去。

这是打算离开了？

未来和新堂赶忙躲到一旁。

门被"啪"的一声推开，靠近铰链一侧的未来因为隔得远没被波及，然而新堂就没这么幸运了，和门板狠狠地来了一次亲密接触。

真子没注意到新堂无声的呻吟，沿着走廊大踏步离开了。

大门敞开的室内又传来其他男人的声音。

未来探出头来，窥视办公室内部。

那是一个三十岁出头的男子，看来刚才他是站在真子身后。男子穿着一身廉价西装，此刻正露出无可奈何的微笑，看样子多半是真子的经纪人。

男子一边微笑一边向棚町确认道：

"确实大家都说'黑洞节'是新人VTuber崭露头角的舞台，但也没规定往届冠军不可以参加。考虑到宣传视频的效果，主办方应该是希望天之川小姐出场吧？"

棚町同样也回以微笑，但表情中透露出"我意已决"的潜台词：

"赖本先生，我方已经和'黑洞节'的主办方沟通过了。托莉是不会出场的。"

赖本微微低头，向托莉问道：

"天之川小姐该不会是在考虑引退吧？感觉您最近都没怎么'发推'①了。"

棚町代为回答道：

---

① 指在国外主流社交媒体"Twitter"（推特）上发文。

"这个不劳您操心。托莉从出道以来就一直很忙碌，倒不如说，现在这个节奏刚刚好。"

赖本小声说了声"明白"，转身朝门口走去。

门外的未来一瞬间和赖本对上了视线。她上前一步，大大方方地打了个招呼。

同时未来还听到了棚町的呢喃声：

"'宣传视频的效果'？说到底还不是为了让桪名田卡兰增加曝光度。故意挑起托莉和卡兰的对立，然后借托莉的人气吸引一波眼球呗。"

真子和赖本离开后，托莉也站了起来。

看到托莉也打算离开，棚町赶忙问道：

"你这是要去哪儿，托莉？"

托莉此刻显然情绪不佳，她回答道：

"刚刚那丫头叽叽喳喳弄得我头疼，我打算先去跑个步，然后打打拳发泄一下。发泄完了直接回家。"

棚町愣了愣，随后点头说道：

"行，不过别再弄伤自己哦。刚刚桪名田卡兰的演员都在惊讶，说你身上好多伤。"

托莉嗤笑一声：

"有什么关系？受伤的人是我，又不是CG角色。"

托莉瞥了一眼未来，随后便离开了办公室。

也难怪她不高兴。

棚町一脸疲态地问未来：

"器材的解析有进展吗？"

未来把新堂从门后边扯了出来。

新堂有些惶恐地看向未来，回答道：

"按照计划，估计需要一周——"

未来狠狠踩住了新堂的脚。

新堂顿时瞪大了布满血丝的眼睛。

未来抢着回答道：

"但因为我方是专业人士，只需要三天便能完成。"

新堂拼命试图反驳，但因为太痛说不出话来。

棚町充满斗志地点了点头：

"您二位刚才想必也听到了，网络世界就是如此，停更个几天就会有谣言说你打算引退。麻烦加快处理速度。"

未来嫣然一笑。

新堂突然问道：

"恕我多嘴，刚才那位女士是'异次元多次元'事务所旗下VTuber'栉名田卡兰'的演员——祐天寺真子吗？"

棚町有些为难地回答道：

"至少是异次元多次元的相关人士。"

此乃业内统一口径：VTuber的背后并不存在"演员"。

新堂突然表情变得极为严肃，问道：

"所谓的'黑洞节'，指的该不会是下个月要举办的

VTuber庆典吧？"

棚町有点被对方的气场压倒，只得点头回答道：

"没错，届时当下较为活跃的VTuber会齐聚一堂，举行为期三天的活动。"

新堂用力抓住棚町的双肩，说道：

"刚刚从我身边走过去的女士简直像是天之川托莉从屏幕中——"

未来从背后锁住了新堂的脖子：

"别把你的私人喜好掺杂到工作中来，否则我现在就勒死你。"

在认命之前，新堂拼命喊出了内心的真实想法：

"只要能近距离闻闻天之川托莉的味道，死也值了——！"

5

解析天之川托莉摄影工具的工作一直持续到了晚上八点。

新堂摇了摇头：

"我已经安装了解析程序，先让它跑一晚上试试看。要到明早才能出结果，今天先回去吧。"

后续工作也只能仰仗新堂了。

回到家之后，未来联系了阿姚。

龟井制作所那边的纠纷还在继续。

"还差最后的临门一脚。皆川和龟井目前还在浑浑噩噩地扯皮，得等到明天再继续忽悠他们。"

这是打算连蒙带坑吗？

未来向阿姚汇报了今天的进展。

阿姚开始整理现状：

"第一步，确认专利内容；第二步，调查摄影系统，并与专利做比对；第三步，研究对策。目前第二步快要结束，该着手准备第三步的工作了。把对手的资料共享给我。"

未来再次用笔记本电脑调出所收集的资料。

首先须要确认专利原件，判断该专利是否真实存在，而原件须要到专利局去查。

未来调出专利原件的画面。

"专利权人是华村测绘机器，法人代表是华村基英。正是他们授权给米谷的。"

"原件上有提及授权这档子事吗？"

"有，记载有华村授权的相关事宜。被授权方名为'米谷系统'，法人代表是米谷胜弘。这两家公司的命名都很随意呀。"

授权时间为三年前。

阿姚问道：

"企业规模是怎样的？"

未来将调查到的其他资料展示给阿姚看。

米谷的营业额大约是18.94亿日元，是测绘软件业界排名第十的生产商。该企业是八年前设立的。

米谷的授权方华村的销售额是282.7亿日元，在测绘软件和机器制造行业均稳坐头把交椅。该企业已经成立了整整四十年。

此外，以太直播的营业额是大约7亿日元。

未来一边展示图表和相关新闻报道一边解说：

"华村和米谷之间不存在资本关联，且无论是营业额还是创业史都是华村遥遥领先。"

阿姚马上表示了反对意见：

"重点是企业当下的势头。比起营业额的绝对值，投资者更看重一家企业每年的营业额成长率。很显然目前米谷势头更猛，而华村近况有些不佳。"

阿姚用邮件发了一条链接过来。

点击链接后，出现的是付费企业信息资料库提供的图表，以及专利文献搜索服务的图表。

未来仔细查看图表。

"米谷所拥有的专利中，与制图软件（以CAD工具为代表）和测绘机器相关的约有五十项。相比之下，华村则拥有八百项，比米谷多得多呀。"

阿姚斩钉截铁地说道：

"米谷的五十项专利均是最近一年半内获得的。虽然数量不算多，但其加速之快在业内实属罕见。等于说是在用超乎寻常的速度提升专利资产。"

未来看着图表点了点头，道：

"也就是说，反倒是米谷更加重视知识产权这块儿喽？网上能够获取的信息比较有限，感觉有必要通过其他手段进一步收集信息。"

这的确是未来此刻的真实想法。

但阿姚对此不置可否，话锋一转，问道：

"你确定能把天之川托莉那套摄影系统解析清楚吗？"

未来实话实说地回答道：

"解析工作我交给新堂了。说是要花上一周时间。"

阿姚愣了一下，回答道：

"这么困难吗？新堂都得花上一周的话，换作其他工程师岂不是要花一个月？能找到经销商吗？"

"怕是比较困难。"

"那你打算怎么办？"

未来向阿姚传达了当前最为现实的计划：

"同时必须思考如何让专利无效化。我会拜托一直合作的那家调查公司收集能够证明专利无效的证据，这活儿交给矶西去办正合适。"

阿姚马上追问道：

"除了专利之外，还有其他事必须做的吧？"

未来不由得笑了笑：

"之后我会通过其他途径调查华村和米谷之间的关系。"

电话那头的阿姚显然对这一答案很满意：

"很好。和往常一样，多找找对方的软肋，作为日后谈判的筹码。"

未来愣了愣，回答道：

"话不要说得那么难听好吗？我当然会竭尽所能地收集对方的信息，如果有日后用得上的内容，也会物尽其用就是了。"

如果在专利权范围之内无法解决，那就采取"非常规"手段吧。

这是未来，不，应该说是槲寄生的常规做法。

以龟井制作所与皆川电工的纠纷为例，所谓的"当事人相互协调解决"，其实就包含了"采用非常规手段解决"的意思。

当然，如果能直接让专利无效化，也就不需要考虑什么非常规手段了。

结束与阿姚的定时联络后，未来便开始给专利文献调查公司"矶西技术信息服务"写邮件了。

第三章

敌人不只是专利权人

1

次日，矶西技术信息服务那边一大早就打了电话过来。来电者是公司总经理兼唯一员工——矶西。

矶西干脆利落地开门见山道：

"要是着急的话，咱们现在就可以开始，麻烦告知详情。"

一小时后，未来来到矶西指定的碰面地点——新桥站附近高架桥下的一家美仕唐纳滋[①]。

店内没什么客人，未来在靠内部的宽敞座位处找到了矶西。矶西是一个四十来岁的矮胖男子，穿着蓝色POLO衫和米色休闲裤。他原本是大型知识产权管理企业"日本技术贸易"的员工，擅长调查专利文献，还曾经在专利技术检索竞技大赛上得过冠军。

矶西面前摆着一个已经空空如也的餐盘，旁边还放着一台笔记本电脑。

未来就点了一杯咖啡，随后在矶西面前坐下。

矶西也不寒暄，直接表情严肃地切入正题：

"根据电话里您提供的信息，我这边试着查了查。"

---

① 由美国人哈利·威诺克于1955年在波士顿创立的甜品连锁店，以甜甜圈为主打产品。

未来微微一笑：

"我们这不是都还没正式签约吗？你还是这么手脚麻利呀，矶西。"

矶西的表情依旧严肃：

"从刚创业那会儿开始就一直承蒙榭寄生照顾生意，就算是给贵司的一点福利吧。话说回来，这次贵司的局势相当不利。"

未来仰头看向天花板。她其实也很清楚这次的活儿是一块硬骨头。

"我也有所察觉。连你都觉得困难的话，那麻烦可就大了。"

矶西将笔记本电脑的屏幕转向未来。

画面中出现的是各种文献和示意图。

"目前我还只是先行搜索了一下，这是5G通信领域和激光扫描仪领域的调查结果。"

未来简略地瞟了一眼矶西提供的"有关"文献，说：

"这些技术文献都和这次涉及的专利关系不大嘛。"

矶西噘了噘嘴，表示赞同：

"5G和激光扫描仪方面的文献各自都能找到一些，但没找到同时包含两者的文献。"

如果想指摘对方的专利存在问题，最简单的办法就是找出对方申请专利之前就已经公开且记载了全部专利内容的文献。只要能找到，便能在今后的谈判中处于有利地位。

可如果不能找到同时涉及5G和激光扫描仪两方面的文献，虽说也不是用不上，但今后唇枪舌剑的时候就会有点没底气。

矶西表情严肃：

"目前还只是粗略地搜索了一下，接下来我会展开细致调查。不过从以往的经验来看，这次的活儿怕是相当棘手。"

未来其实早就有不好的预感。

毕竟，专利局的审核人员在审核时，肯定也会调查文献的。

未来的目的是找到能够让专利无效化的证据，换句话说，也就是足以颠覆专利局审核人员判断的证据。

既然是要找寻审核人员没发现的技术文献，思路就得灵活一些。

未来和矶西花了将近一个小时商讨对策。

矶西突然问道：

"对了，您知道吗？之前米谷还曾经因为这项专利和华村起过纠纷。"

矶西操作笔记本电脑，打开了浏览器。

画面中出现的是知识产权的相关新闻报道。

只是看了一眼标题，未来便睁大了双眼。

"《米谷提交华村方面专利权无效宣告请求》。"

所谓"专利权无效宣告",指的是通过诉讼手段让有问题的专利无效化。

未来看了看专利编号,的确是同一项专利。时间则是在华村授权给米谷的半年前。

这未免太过荒谬,华村授权给米谷,等于说就是将自身专利转让给了一名试图毁掉该项专利的对手。

未来连忙问道:

"调取到审查记录了吗?"

矶西依旧严肃地回答道:

"做过尝试,然而基于'记载有商业机密'这一原因,只有利益相关方才能够查阅。"

原则上来说,专利权无效宣告的审查记录都是向大众公开的。但根据审查当事人的要求,也可以进行加密,唯有利益相关方才能查阅。

以太直播因为收到了专利警告函,也算是利益相关方,所以是可以查阅的。

未来语速飞快地说道:

"赶紧以以太直播的名义将审查记录调取出来。说什么'商业机密',这背后肯定另有隐情,得确认一下他们提出无效宣告请求的理由是什么。"

"好的,我来处理。顺利的话两小时内应该就能查阅了。另外关于具体的调查方针——"

未来略作思考后回答道：

"如果无效资料这边没什么进展的话，可以先放一放，先去调查本专利权的关联信息得了。我现在需要这方面的信息。"

矶西点了点头：

"明白。我会仔细调查专利审核过程、相关专利、权利转移、专利发明者的其他发明等内容。"

话音刚落，未来的手机振动起来。

电话是棚町打来的。未来按下接听键。

听得出棚町的声音有些焦急：

"情况变得有点麻烦了，请尽快来一趟事务所。现在投资人要求我们详细说明情况。"

看来警告函的事已经传到投资人的耳朵里了。毕竟以太直播是一家新兴初创IT企业，利益相关方很多，闹出问题的时候，棚町确有义务给投资人一个合理的解释。

未来问道：

"贵司的投资人是何方神圣呀？"

棚町语速极快地回答道：

"提出要求的这位名叫薄云鹰介，是投资我司的VC[①]之

---

① 指风险投资公司。

一'必中资本'的董事长。我向对方汇报了警告函的事情之后，对方表示'托莉一天都不可以歇着'，还说要直接和负责人谈谈。"

未来心想，"负责人"是在说我吗？这种麻烦事一般都是交给身为律师的阿姚去处理，然而她现在人在三重县脱不开身。

未来干脆实话实说：

"我只是建议天之川托莉暂时不要上传视频而已，并没有让她完全'歇着'。或许那位大佬对于贵司来说是相当重要的投资人，但如果动辄须要应付此类无关人员的诉求，那可就没完没了了。"

棚町的语气听上去也很无奈：

"必中资本是我司创业初期的投资方，实在是得罪不起。"

这可就麻烦了。

不过一味推卸也不是办法，未来只得答应棚町的要求。

"好的，我这就过去，麻烦稍等。"

未来挂断电话后，矶西微微一笑：

"大凤小姐总是抽到下下签呢。"

可不是嘛。

2

未来急急忙忙地走进以太直播棚町的办公室，发现室内多了一张桌面较矮的简易会议桌，旁边还布置了沙发。

棚町与传说中的薄云大佬此刻正隔着洁白的会议桌对坐。

棚町穿着T恤和短裤，似乎是有意选了一身较为休闲的打扮。这样看上去更像IT企业的老板，同时也有一种"听到消息之后急急忙忙赶来"的感觉。

坐在他对面的那位薄云大佬看上去年纪五十岁出头，身高应该有一米八左右，五官长得相当精悍。

薄云一边阅读专利公告，一边连珠炮似的说道：

"对方显然是在利用专利权恶意制造噱头，目的嘛，无非就是蹭托莉的热度。这种人无视就好。"

棚町愣了愣，反驳道：

"薄云先生，我可不希望旗下的VTuber出什么意外。若是太过草率，可能会招致难以想象的严重后果。"

未来站到会议桌的一旁，抱起胳膊。

薄云有些讶异地抬头看向未来。

未来则从上方俯视薄云，开口道：

"我就是您要找的负责人。想必您就是那位一言九鼎的大投资人吧？"

薄云上下扫视了一番未来：

"太年轻了。棚町，你确定这小姑娘靠得住吗？建议你雇个更有经验的律师。"

未来心中的虚拟玻璃容器中再次溢出漆黑的液体。

她马上反唇相讥道：

"知识产权领域是实力说了算。对付侵权凭的是手腕，与年龄无关。"

薄云压低声音，威胁般朝棚町抱怨道：

"棚町，你这次居然雇了个这么能吹的货啊，长得还挺出众。以你的原则，雇人的时候向来不都是选最丑的吗？这次是什么情况？我可不太喜欢那种不能坚持原则的人哦。"

未来朝着棚町笑了笑，问道：

"您这条原则还真奇怪，能问问为什么会定下这条原则吗？"

回话的时候，棚町的脸上仿佛写着"真是够了"几个大字。

"只要这世上外貌协会还存在一天，长相好看的人首先被人记住的始终只会是长相。所以同一个行当里，长得丑又还能生存下来的人肯定都具备足够的实力。"

"那您为什么要选我呢？"

棚町马上回答道：

"首先是因为贵司响应速度够快，然后大凤老师的过往业绩实在太过优秀，以至于我的个人原则都可以忽略不计了。"

但这一解释似乎无法说服薄云，他问道：

"你是专利代理师，对吧？简单介绍一下你的工作内容，具体是干什么的？"

未来懒得和对方多费唇舌，于是言简意赅地回答道：

"一年前和另外一名律师组建事务所之前，我一直在替专利流氓组织做事。"

薄云对于未来的回答似乎并无太大兴趣。他说道：

"专利流氓指的就是那些碰瓷他人侵权，从而勒索钱财的宵小之辈吧？对了，棚町，我今天过来的目的，其实是想提个建议。如果你觉得无视对方不太妥当，要不然干脆和米谷来一次合作？"

这个"极具创意"的建议来得太过突然，让未来产生了极为不妙的预感。

棚町大吃一惊，回答道：

"对方可是发了警告函过来哦。"

薄云扬扬自得地继续说道：

"换个角度思考，这未尝不是一个机会。米谷原本是做测绘软件起家的，但目前正在往XR企业转型。"

所谓的"XR"，是虚拟现实（VR）、增强现实（AR）、混合现实（MR）等现实体验技术的统称。

棚町毫不掩饰自己的惊讶之情：

"我司好歹也算是XR企业，却从未听说有测绘软件开发商想往XR转型的先例。"

薄云往前挪了挪身子，仿佛要将未来从视野中挤出去似的。他说道：

"米谷目前在运动科技方面投入了很大精力，已经在推动交互性运动设施、大型体育场等场馆的建设。跨界合作是个不错的想法，机会难得，不妨和对方勾兑勾兑。"

棚町表示坚决反对：

"对方可是把警告函甩我们脸上了哦，我没兴趣和这种公司开展合作。"

薄云摊了摊手：

"没准对方打从一开始就是想和你们'展开合作'呢？总之你是觉得无视他们不太妥当，对不对？情况确实有点紧急，但只要处理得当，危机亦能转变为机遇。需不需要我去和他们谈谈？"

未来感觉背上的寒毛都竖起来了。她赶忙插嘴说道：

"虽说您是投资人，但随意插手被投资方的经营策略未免有点不合适吧？"

薄云瞥了未来一眼：

"归根到底，还不是因为代理人无法判断到底有没有侵权？"

未来气得声音都高了八度：

"这是因为须要先解析摄影系统。天之川托莉所使用的摄影系统很特殊，由于现在已经找不到生产商，无法向原厂确认产品的具体规格。"

薄云哂笑了一声：

"不愧是前专利流氓，找借口一套一套的。"

未来狠狠瞪了薄云一眼：

"我只是在陈述事实。"

薄云得势不饶人地继续说道：

"再说了，那封警告函不是无效的吗？侵权这档子事儿，要专利权人拿出相关证明才行，如果天之川托莉本人都不确定自己有没有侵权，米谷这种外人就更没办法拿出证据了吧？"

未来闻言一愣，但同时又有点暗自佩服。

薄云的话其实也不无道理，看来在专利权方面他也并非门外汉。

但未来并不打算改变自身立场：

"警告函是否无效，得到了正式的诉讼阶段方能有分晓。如今双方还处于谈判阶段，收到警告函的一方首先应该做的，是确认自己是否真的侵权了。"

薄云露出鄙夷的笑容：

"专利权这鬼玩意儿还真好用，随便寄一封警告函出去，就能让对方忙得鸡飞狗跳。"

他似乎兀自得出了最终结论，站起身来，道：

"真要跟对方纠缠的话太劳心劳力，还是通过合作来解决更为妥当。专利权人那边就交由我去沟通吧。"

未来可没法接受这所谓的"结论"，她怒气冲冲地反驳道：

"我才是代理人，请不要自作主张下定论。"

然而薄云逃也似的飞速离开了办公室，手上还握着那份专利公告。

溜得还真快。

棚町现在还有点没缓过劲来，未来以不容置喙的口气说道：

"情况紧急，有必要在事态进一步恶化前直接和米谷谈谈。"

五秒钟之后，棚町方才理解了未来的话中真意。

"您是说，得和对方直接谈判？"

未来盯着办公室的入口，平静地回答道：

"没错，天之川托莉的确人气极高。可如果真跟米谷说什么'我们来合作吧，过去的事就一笔勾销'，您觉得对方会作何感想？对方的企业规模可比咱们大得多啊。"

虽说目前势头正猛，以太直播的营业额也不过十亿日元不到而已，相比之下米谷的营业额则逼近二十亿日元。两边真要谈起合作，哪边立场占优不言而喻。

棚町终于也意识到这一点，赶忙对着未来行了一礼：

"很抱歉，还要麻烦贵司帮忙救火，那就一切拜托了。"

3

米谷的总部兼营业部位于中央区的铁炮州，企业规模不到百人。

如果规模太大，直接上门交涉手续会比较烦琐，米谷这个规模则刚刚好。

未来带着某种自信，闯进了米谷总部。

米谷的前台区域色调以白、绿为主，看起来颇为轻松明快。

测绘软件研发并不是什么新兴行当，但米谷显然是想让自己看上去更像一家IT企业。

未来走向前台，连珠炮似的说了一长串：

"我是以太直播的专利代理人，现在有急事要和贵司商量。没有预约，但希望现在立刻和米谷总经理面谈。在见到米谷总经理之前，我是不会离开的。"

未来抱起胳膊，就这么站在前台前方不动弹了。

米谷的前台小姐显然有点蒙，赶紧拿起内部电话的听筒。

在前台处站了三个小时后，未来总算被带进了接待室。

果然不出所料。

未来就猜到有可能直接和对方的老大面谈。考虑到米谷的企业规模，他们多半是没有知识产权部这么个部门的。

果真如此的话，侵权警告函很可能是总经理直接安排寄送的。

当然也不排除公司员工自作主张的可能性。

总之未来坚信，就算对方的总经理不出面，至少也能炸出一个高管来和自己面谈。

未来靠在皮革沙发上，饶有兴致地等待对方的出现。

咔嚓一声，有人门也不敲地推开了接待室的门。出现在门口的是另一名身穿制服的女子。

女人鞠了一躬，但显然目标不是未来，而是走进接待室的那名男子。

男子年近五十，一头卷发用发蜡打理得相当整齐。他戴着一副无框眼镜，身着深蓝色的高级西装，同样是深蓝色的丝绸领带上则有些白点图案。

非常好，来的不是别人，正是米谷的总经理米谷胜弘。和网上看到的照片一样，这人的外形具有很强的压迫感。尽管米谷对外强调自己是新兴IT企业，但总经理倒是有种典型的老板派头。

通常来说，IT企业往往乐于展示自身"理念新""灵活性强"等方面的特征，甚至有些公司的老板会故意穿T恤和短裤上班，以标榜自己与传统企业总裁的差异。

就在这时，脚步声再次传来。

这次进入接待室的是两名男子，一个五十来岁，另一个则年近四十。这两人也和米谷一样，身着笔挺的西装，多半是听到消息后急忙赶来的高管吧。

米谷也不寒暄，直接就在未来正对面落座。

未来则大大方方地取出名片，放在会议桌的正中间。

尽管以太直播是收到警告函的一方，未来仍不觉得自己身处劣势。

她此行的目的，当然不是为了讨论侵权的具体细节，也不是因为觉得以太直播铁定会在侵权诉讼中败诉。

未来唯一的目的，是要让米谷"无视薄云的任何说辞"。

反正要是对方问起，她直接说"我是来拿对应专利权明细表的"就好。毕竟米谷寄来的警告函里的确没有附上对应专利权明细表，往严重了说，那就是米谷没有履行"寄出警告函的一方应尽的义务"。

事实上，连米谷有没有办法证明"天之川托莉的摄影系统存在侵权问题"这点都要存疑。机会难得，就看看对方会如何表演吧。

剩下的就走一步算一步，如果能获取什么有用的信息，那就更是意外之喜。

首先打破沉默的人是米谷。

他面带鄙夷的表情，充满自信地笑着说道：

"真没想到啊，以太直播的代理人居然自己找上门来了。想必你也没想到自己能被接见吧？"

未来直接切入正题：

"我是专利代理师大凤未来，受以太直播委托负责处理此次警告函一事。作为窗口，贵司今后与以太直播的沟通都请联系我这边。除我之外，如有其他人找上贵司，都与以太直播无关。我说完了。"

米谷与两名高管交换了一下眼神：

"然后呢？"

未来瞪了说话的人一眼，仿佛在问"你说啥"：

"您没听明白吗？既然寒暄已经结束，我们可以聊具体工作了。"

室内的温度仿佛都下降了。

那名五十来岁的高管小声说道：

"听闻你在前台等了足足三个钟头，我还以为你是来向我司示好的哩。"

未来故意笑着回答道：

"站上三个钟头您就觉得惊讶了吗？可对我来说完全是

家常便饭。看来各位体力都不太行呀，该不会都是坐公司的车上下班吧？可你们人在东京都内，完全用不着开车嘛，公共交通加步行更健康哦。"

那名年近四十的高管惊讶地说道：

"你是站着等的？三个钟头都没坐过一会儿？"

也许是前台小姐基于某种考虑没说实话，又或者是米谷他们兀自产生了误会？多半是因为后者吧。

未来不由得笑了，米谷用有些颤抖的手取下眼镜。

他掏出手帕，擦了擦额头上的汗，说：

"因为距离接下来的安排还有点时间，我这才专门与你见面的，可没想到你是专程过来吵架的。"

未来淡然回答道：

"我倒也没求着您见我。"

盛怒之下米谷站起身来，但与之同时，未来说道：

"以太直播的利益相关方极多，届时恐怕会有不少宵小之辈打听到警告函的相关信息后过来凑热闹，以太直播方面的正式回应，请以我这边的回应为准。"

米谷张嘴想说什么，但未来没给他这个机会，继续滔滔不绝道：

"这也是为了不给贵司添麻烦，还请理解。"

米谷脸都憋红了，坐在椅子上朝着未来怒喝道：

"你不预约就直接找上门来，就只是为了推卸责任吗?"

未来毫不客气地回瞪了米谷一眼:

"说到推卸责任,贵司寄来的警告函里可没附上对应专利权明细表哦,什么时候可以给我们呢?"

"嚯。"听到这话,米谷露出恍然大悟的表情。

"看来你的真正目的,是过来确认我司能否提供侵权证明是吗?简单来说就是,以太直播旗下的艺人天之川托莉所使用的VTuber工具,侵犯了米谷系统的专有实施权。"

虽然说得有些含混,但米谷一副信心十足的样子。

未来反问道:

"如果贵司确定以太直播存在侵权行为,请提出相关证据,这是指证侵权方的义务。"

坐在总经理身后的那名年近四十的高管突然插嘴道:

"如果不是使用我司的专利技术,天之川托莉无法呈现出如此细致入微的表情变化,以及运动员级别的全身动作。"

未来立即反驳道:

"想证明侵权,首先需要解析天之川托莉所使用的摄影系统。如果各位仅仅只是在网上看了天之川托莉的表情,是不可能知晓该系统的具体内容的。"

五十来岁的高管用带威胁的口吻低声怒道:

"你的意思是说,只要别人不知道就可以为所欲为?"

米谷抬手示意高管别激动，同时胸有成竹地说道：

"如果贵司不接受我司的看法，之后不妨在法庭上见真章。"

怎么办呢？总感觉事有蹊跷。

既然如此，索性继续试探试探好了。

未来继续诱导道：

"可以呀，那就等到诉讼的时候决一胜负吧。"

米谷和两名高管的表情都凝固了。

未来轻巧地站起身来，慢慢走向米谷，开口道：

"既没有对应专利权明细表，也没有足以证明侵权行为的有效证据，感觉贵司并没有通过对话解决问题的意思，而且也感觉不到贵司的干劲。"

米谷额头的汗水缓缓流到脸颊，就在此时，接待室一侧的固定电话响了。

米谷和高管们都没加以理会，但电话仍旧聒噪地响个不停。

未来催促道：

"几位不接电话吗？请不用在意我。"

米谷瞪了未来一眼，这才一脸不满地拿起听筒：

"不是说了不要转接电话的吗？啥，华村来了？我今天晚点儿要和松上工务店开会，只能请他先回去了。啊？解释了他也不听，人已经进来了？可恶，随便来个人都把我这里当公共场所，说来就来说走就走。"

听到"华村"这个名字的时候，两名高管明显表情有些变化，而这一细节没有逃过未来的眼睛。

从米谷到高管，三个人此刻的表情都活像是即将被孩子王叫去霸凌的无助儿童。

米谷的手帕已经掉在了地上，可他似乎对此浑然不觉，一边用掌心擦拭额头的汗水一边说：

"唉，就知道仗势欺人。行吧，打电话给常去的那家餐厅订个位子，让他先去等着，和松上的会议结束后我会立刻赶过去。反正这人应该只是来蹭饭的，吃饱了说不定就自己回去了。"

米谷狠狠将听筒扣在电话机上，结束了通话。

他有些疲惫地重新看向未来：

"我一会儿还有其他安排，你是代理人以及沟通窗口一事，我方已经知悉，接下来就期待以太直播能给出比较有诚意的反馈了。"

未来没接米谷的话头，反倒突然问道：

"您口中的'华村'，指的是华村测绘机器的华村基英吗？"

米谷瞬间止住脚步，但很快便不加理会地握住了门把手。

打开接待室的门之后，能看见走廊上站着一名老者。

老者有一个橄榄球一般的椭圆脑袋，几乎已经全秃了。

他身着蓝色西装与衬衫，满脸皱纹，但目光如炬。

米谷吃了一惊，呢喃道：

"华村先生？"

来人正是华村基英，授权给米谷的企业——华村测绘机器的总经理。

华村吐字清晰地训斥道：

"但凡我找你有事，你就应该在两秒钟内出现，别以为关系熟了就蹬鼻子上脸，明白吗？"

米谷和两名高管赶忙鞠躬谢罪。

未来透过门缝窥视米谷的表情，发现此刻的他正咬牙切齿，仿佛面前站的是杀父仇人。

随后，米谷便和华村一道离开了。

对于未来来说，此行的目的已然达成。目前看来，薄云那边应该还没有联系米谷。

这时一名女性职员推开接待室的门，走进来说道：

"总经理外出了，离开请走这边。"

离开米谷后，未来拨通了棚町的电话。

棚町立刻接通了电话，仿佛已经等候多时。

"情况如何？"

"我直接和米谷先生聊了聊，看来我方的动作要比薄云更快，此外还获悉了一些米谷公司的内部情况。"

未来简要说明情况后，棚町显得颇为惊讶：

"麻烦您今后别这么冒进，光是听您说经过我都吓了个半死。以后还是通过邮件或者电话和对方沟通吧。"

未来笑着回答道：

"这是槲寄生的一贯作风，您习惯就好。沟通必须面对面才有价值，电话还算好的，邮件真的是有史以来最糟糕的沟通方式，还是早点扔进故纸堆里比较好。"

棚町突然兴趣盎然地问道：

"您获悉了什么内部情况？"

未来结合自身推测，将基本上可以确定的信息传达给棚町：

"看得出米谷和华村之间的关系比较复杂，既然肯定和专利有关，想必有什么特殊隐情。我有一个请求，可否允许我委托调查公司去调查米谷和华村之间的关系？这样一来费用会有所增加，但如果调查结果与我方推测不符，这部分的费用将由我方承担。"

棚町沉默了片刻后回答道：

"您的意思是须要动用信用调查所？这倒是没问题。说来，您是掌握了什么重要信息吗？"

未来自信满满地说道：

"授权和被授权方关系太过恶劣。今天造访米谷之后我确定了一件事，那就是作为专有实施权的所有者，米谷的状态不太对。"

"也就是说米谷这个人和华村关系相当恶劣？"

未来肯定地回答道：

"毕竟米谷曾经试图让华村的专利无效化。尝试失败后，米谷接受了华村的授权。"

听到这里，棚町吃惊地问道：

"也就是说米谷没能解决那项专利，最后反倒接受了对方的授权？相当是屈服于华村了？华村倒是愿意将专利授权给了本是敌方的米谷？"

"具体情况还在调查，不过从目前情况来看，米谷啥时候给华村背后捅刀子也没什么好奇怪了。当然喽，我倒是乐见他俩互相伤害。总之在摄影工具的解析结果出来之前，请允许我安排人员去调查米谷和华村间的关系。"

棚町提出一点疑问：

"您为什么要调查两家公司的关系呢？"

尽管棚町看不见，未来还是露出了微笑，说道：

"当然是为了把握对方的弱点呀。这世界上有的是谈判用得着的筹码，除了'找对方麻烦、击垮对方、和对方修复关系、放弃'这四种法律范围内的手段之外，还有其他很多方式可以采用——尤其想速战速决的时候更是如此。"

棚町用半分期待、半分不安的语气说道：

"托莉目前是用现有的素材在勉强撑着，但不是长久之计，还是希望能尽早解决此事。"

"我方从一开始就在快马加鞭了。"

棚町突然又甩来一个问题：

"对了，天之川托莉有没有可能去参加黑洞节？"

未来感到有点莫名其妙：

"我们完全没有认输的打算，但当前阶段还请尽量避免使用那套摄影工具。"

"刚刚托莉的发音训练师联系我了，说是托莉要求他将训练时间增加到三倍。理由是——托莉想唱歌。"

未来回想起托莉在爵士吧里说过的话。

——VTuber是我唯一的选择。我只能靠这项技术活下去。

——想跳就跳，想唱就唱。

未来郑重其事地回答道：

"我一定会保护好天之川托莉，但当前阶段还请少安毋躁。"

棚町则回答道：

"明白，我会尽力说服她。"

4

"夏目反转工程技术"——这家事务所主要从事技术相关尽责查证,从公司性质来说,也算是信用调查所。

所长夏目守太郎还兼任了办事员一职,除科技领域外,他对其他技术领域也涉猎颇深。每当需要调查无效宣告请求的背后隐情时,未来经常会委托夏目代为操办。

夏目的事务所位于涩谷宫益坂上的某栋综合楼内。

未来爬上昏暗的阶梯,走进夏目的事务所。

夏目头发乱蓬蓬的,戴着一副黑框眼镜,身上穿着花衬衫。

他一边抽着电子烟一边不太愉快地说道:

"又是这种特别着急的委托啊,未来小姐。您就不能多给我点儿时间吗?"

"这种话你跟专利制度去抱怨吧。话说,你好歹给客人准备张椅子呀。"

事务所内堆满了用途不明的电路板和显示器等物件,实在不像是能够招待客人的场所。未来只得站着解释委托内容。

夏目很快从堆积如山的电路板中掏出一块键盘,说:

"米谷和松上工务店是吧?这俩应该是要合作了。"

他脚边的显示器上出现了视频画面。

"这是最近幕张展览馆①举办的'IT周'上播放的演示视频。米谷打算和承建商松上工务店合作，共同建造广岛市中区的足球场。"

未来蹲下身来观看视频。

演示视频的主要内容是介绍足球场建设的相关信息，包括总面积、设备特色等。

未来歪了歪头感到疑惑，问道：

"既然是要建足球场，松上工务店参与其中倒也不奇怪，可又关米谷什么事呢？需要他们做测绘工作？"

夏目停下视频，然后从文件排得乱七八糟的电脑桌面上选中一个文件夹打开。

"米谷应该主要是负责提供技术支持吧。松上工务店负责硬件，也就是足球场的建设工作，米谷负责软件。请看他们的样片。"

夏目连开了好几个文件夹，最后点选了一个视频文件。文件藏得如此之深，亏得他能够立刻找到。

视频依旧是松上工务店的样片，不过是用摄像机将现场播放的视频又翻拍了一遍。

会场的大银幕上正在"直播"足球比赛。

现在连个影儿都没有的广岛市中区足球场内正在举行足

---

① 位于日本千叶县千叶市的大型会议及展示中心。

球比赛——想必整个视频都是CG动画。

那么运动员也都是CG合成的产物喽?

过了一会儿,夏目说道:

"这是仅在幕张展览馆内播放过的演示视频,是我去听他们的演讲时拿摄像机拍下来的。未来小姐,你感兴趣的内容,应该在视频的后半部分。"

夏目将视频快进了些许。

横向固定的镜头突然灵活地移动了起来,开始从空中、脚下等多个角度拍摄球员们奔跑的身姿。

未来果然意识到了什么,问:

"这是360度摄影吧?既然能够上上下下拍摄这么多的角度,应该动用了为数众多的摄像机才是。"

夏目有些得意地否定道:

"场地里总共也就四台摄像机而已。"

这真有点出乎未来的意料:

"太少了吧?怎么想都觉得不够用,难不成画面都是用CG合成的?"

仔细想来,如果想从脚下往上拍摄球员,就得将摄像机埋入地下才行。

夏目微笑着点了点头:

"说对了一半。"

他暂停了视频,放大画面。

尽管屏幕中播放的是用摄像机翻拍的视频，画质很差，但看清画面中放大的球员后，未来马上理解了夏目的意思。

那些看似真实的球员，其实是由大量的"点"构成的。

未来不由得呢喃道：

"点云数据，球员们是由无数个点构成的。"

夏目点点头：

"说得对。连真实摄像机都无法拍摄的角度，却可以通过点云数据来生成视频。"

夏目没有将画面缩回原始大小，而是再次按下了播放键。无数个点的集合体开始高速动了起来。

未来惊叹道：

"居然可以即时生成从球员脚部仰拍的视频影像？这算是某种模拟技术吗？应该技术含量挺高的吧？"

夏目点了点头：

"实现难度相当高。测绘公司用来测量静止不动的地形、建筑的系统，通常需要一百来万甚至几百万日元，但如果是用来拍摄视频，价格则要翻几十甚至几百倍。"

如果夏目提供的数据无误，米谷计划引入的这套系统价值将会达到数亿甚至数十亿日元。

运动场馆的建造费用一般能达到数百亿日元，那么其中十分之一的费用将会被花在摄影系统上。

从未听说承建商拿出建造费用的十分之一用于安装测绘

软件的先例，看来米谷这次是拿下了一笔大单子。

未来向夏目问道：

"你能尽快查查松上工务店和米谷的关系吗？目前已知的信息就好。"

夏目既没有调用专门的数据库，也没有使用任何专业工具，只是打开谷歌不断搜索。

"搜行业信息的话，还是谷歌最好用。"

夏目花了五分钟时间用浏览器开了大量分页，然后按顺序一个个讲解：

"松上工务店在软件方面实力不济，所以一直在寻求合作方来填补这一弱项。而米谷凭借点云数据影像系统这一筹码，获得了与松上工务店合作的机会。"

夏目继续解说道：

"运动科技所面临的最大问题在于，观众们往往不关注真实的比赛场地，反倒眼睛只盯着手机和场内的大屏幕，这就有点本末倒置了。所以亟待解决的，就是如何保持平衡，从而让观众更关注比赛的实际场面——这一点米谷似乎做得不错。"

听完夏目的一番解说后，未来提出疑问：

"除米谷之外，还有其他擅长点云数据影像系统的企业吗？比如华村测绘机器。"

夏目又开始搜索了。

五分钟后，他再次打开了大量分页，并继续解说：

"华村也挖来了不少工程师，正在进行技术研发。"

他又打开了另一个分页，上边有求职网站的用户评论：

"只是在IT业界，华村是出了名的黑心作坊。虽说挖来了不少人，可后来辞职的也不少。"

未来看向显示器：

"华村雇那么多工程师，具体是为了干啥？"

夏目看着屏幕低声回答道：

"这上边写的目的是，'为了让测绘仪器和5G相结合'。不过我似乎没见他们放出成品，想必是失败了吧。"

未来仔细想了想。

"也就是说华村的技术实力不太够？"

出乎意料地，夏目给予了否定回答：

"并不是，其实他们家的技术实力挺强的。华村的总经理是出了名的喜欢新兴事物，而且舍得在人才和物资上砸钱。"

"华村这家企业以'二次创业'为名，前后三次尝试踏足新的业务领域，但没有一次成功发展为常规业务。"

说得好听点，华村这叫作敢于冒险；说得难听点，华村这叫作赌徒心态，毕竟他们没做出任何成果。

稳妥起见，未来再次确认道：

"华村和米谷以前有过合作吗？"

夏目略加思考后摇了摇头。

"别说合作了，他们根本就是竞争对手。在华村眼中，米谷是家势头正猛的新兴企业，决不可掉以轻心；而在米谷眼中，华村是业内首屈一指的王者。总之两家绝对是敌对关系。"

"米谷曾经针对华村家的专利提出过无效申告，查查两家公司在专利方面的关联性。"

未来将调查时估计会用到的信息发给了夏目。

夏目似乎略显犹豫，随后开口问道：

"您马上就想知道吗？"

未来不明白夏目为什么这么问，但还是点了点头：

"希望能在今天内出结果。"

"那我是否可以增加些人手？目前团队里有三个人手头有空，都可以马上开工，当然费用会增加一些。"

夏目这人从不说客套话，但凡他提及"费用会增加"，那就是实打实地须要加钱。如果未来答应下来，这次委托的整体成本又会高出不少。

未来脑中浮现出天之川托莉的面庞。

行呗，我决不能让她的一身本事无处施展。

于是，未来回答：

"钱不是问题。拜托你了。"

就在这时，未来的胸口处振动起来——有人来电话了。

电话是棚町打来的，未来马上按下通话键。

棚町的声音十分焦躁，明显透露着不安：

"您现在方便说话吗？我有个紧急需求。"

"请稍候片刻。"未来按下了等待键。

随后她抬起右手，对夏目交代道：

"那就先行谢过。委托费用的预付款我稍后打到你银行账户上，不够的话你再联系我。"

离开事务所，走下昏暗走廊的阶梯之后，未来这才解除了通话等待。

"久等了，棚町先生。"

棚町的声音明显在颤抖：

"本次委托的具体要求有所变动，除了要尽可能避免闹上法庭之外，还希望能够证明天之川托莉这边没有任何不当之举。此外时间上也请提前。"

看来情况有些不寻常，未来冷静地问道：

"之前您是说可以接受花钱解决此事，现在是想法有变吗？"

棚町的声音高了几个分贝：

"是的，费用报酬这些都可以再谈。总之钱不是问题，重点是要证明天之川托莉并无任何侵权行为。"

未来止住了脚步：

"之前也向您汇报过，关于是否存在侵权行为一事尚在调查。即便是优秀的工程师，也得花费一周时间。"

手机的扬声器突然传来怒吼：

"别开玩笑了！哪能等上一个星期！"

看来棚町已经有些混乱了，未来尝试着安抚他道：

"您冷静点，是出什么事了吗？"

电话那头突然一片寂静。未来又下了三级阶梯，走到宫益坂的街道上。

"通话中"下方的时间走到五分钟时，棚町总算冷静了下来，说道：

"抱歉，我失态了。之前已经给您发了邮件，看完邮件中链接里的视频之后，您应该就能理解了。麻烦赶紧确认一下。"

未来从背包中取出平板电脑。

打开邮箱后，发现收件箱里确实有棚町发来的新邮件，正文内容仅有一个网页链接。

点开链接后，弹出来的是推特界面。

账号名为"栉名田卡兰@异次元多次元五期生"。

账号的头像是卡兰的脸，头像框中，她正以讨好的表情眨巴眼睛。

但栉名田卡兰这名角色的外形，和之前出现在以太直播的演员祐天寺真子风格截然相反。

卡兰看起来十来岁，体型和五官大致还能看出真子的影子，却顶着一头发量夸张的蓬松浅褐色卷发，身上穿着浮夸的裙装。

她的账号刚刚发布了一条推文，里边嵌入了一段视频。

推文内容如下：

"栉名田卡兰直捣以太直播总部？天之川托莉惊恐万分，计划引退？"

评论数165，转发数5078，点赞数1.9万。

这是在开什么玩笑吗？未来点开了视频。

视频中出现的是以太直播的总经理办公室，房间内站着栉名田卡兰和一名脸被笑脸表情符号遮住的男子，不过一看那身便宜西装，就能猜出男子的真实身份。

镜头向左移动。

一头金发在脑后扎成两股的托莉入镜了。她依旧是背心加热裤的打扮，但并非演员本人，而是CG角色。此刻的托莉正一脸不爽地抱着胳膊。

站在托莉身后的人是棚町，他的脸则是被墨镜脸表情符号遮挡着。

未来感到背后一凉，这正是祐天寺真子闯进以太直播总部时的画面。

她忍不住叫出声来：

"当时她居然在拍视频?！"

一名从未来面前走过的上班族闻声扭头看了过来。

棚町在电话中解释道：

"视频的最后轻描淡写地提了一句'本视频为情景再现'，然而视频展现的几乎就不是真实内容。栉名田卡兰的事务所异次元多次元在未经我方许可的情况下制作了这段所谓的'情景再现'视频，如今社交平台和新闻网站那边已经炸开锅了。"

仔细一瞧，视频中的天之川托莉仅仅只是角色贴图，根本一动不动，多半是从其他画面中剪裁下来的。

毕竟当天在现场的是天之川托莉的演员本人，真要出现CG角色了那才叫奇怪。

尽管画面不是真的，声音却的的确确是现场录制的。

未来仔细听着视频中卡兰和托莉的对话。

"你是打算临阵脱逃吗！是怕输给我吗！回答我！"

"我只是很忙罢了。"

"你这几天完全没有上传视频，对不对！"

"总之我没兴趣和其他人走得太近。"

"那笑到最后的人可就是我喽！"

"有自信的话你就去试试看呗。"

托莉那些"当心我把你的声带取出来烤了吃""不要总是通过寄生其他人气主播来增加自己的点击率"之类的台词则被剪掉了。

视频中托莉的台词基本上都是在恰到好处地配合卡兰的

发言，若是不知道前因后果的人看了这段视频，的确会得出这么一个结论：天之川托莉表面上装作对于卡兰的挑衅毫不在意，实则已经打算临阵脱逃。

更何况托莉的确已经三天没更新视频了。

毕竟在YouTuber的世界里，保持更新就是一切。

但这并不代表未来能够认同卡兰的做法。她握平板电脑的力道又加重了几分。

"居然用如此尖锐刺耳的声音散播'天之川托莉即将引退'这种毫无根据的谣言——和你的谎言相比，摔角比赛前的热场表演都可信多了[①]。"

棚町十分担忧地说：

"黑洞节的运营委员会也联系我了，倒是没提引退这档子事儿，但想确认托莉是不是真的不参加黑洞节。"

"您之前不就答复对方说不参加了吗？"

棚町无奈地回答道：

"运营方其实不是来确认，而是来游说的，说白了就是希望托莉无论如何都要参加黑洞节。"

或许是因为出了卡兰这档子事儿之后，托莉出现在黑洞节上会更具话题性？又或者是，棚町虽然一直嘴上说不参

[①] 摔角比赛是一种表演性质极强的体育娱乐项目，几乎任何比赛都有剧本，摔角手们只需按照剧本进行表演即可。为了炒热气氛，时常会在比赛前安排摔角手们隔空喊话甚至面对面相互斗狠，营造出大战将至的紧迫氛围。

加，其实内心深处很想让托莉出战？

但未来只是冷静地规劝道：

"我应该已经说过很多遍了，尽管完全没有认输的打算，但在警告函这件事了结之前还请少安毋躁。如果现在轻举妄动，米谷有可能强行要求走诉讼程序。虽说托莉现在参加黑洞节会很有话题性，但从中能捞到好处的也只有活动的运营方而已，棚町先生您犯不着——"

棚町打断了未来的话头：

"我也觉得现在不是参加活动的时候，但天之川托莉不这么想。"

未来大吃一惊：

"她之前不也说不想参加的吗？"

"托莉觉得之前她已经和祐天寺真子推心置腹地把话说得很明确了，可真子那边'背叛'了她的这份'诚恳'，所以托莉现在暴跳如雷。"

未来回想起之前托莉对祐天寺真子说的话，问：

"那算得上是'推心置腹'吗？"

"我方本来打算在此次事件有解决的眉目之前，先将托莉雪藏起来。但现在情况有变，托莉这人说一不二，谁劝也不顶事。"

未来倒也不是不能理解托莉的想法，然而商场如战场，不能如此意气用事。

她用冷淡的口吻斩钉截铁地说道：

"身为代理人，我无法苟同。雇主有义务引导雇员的行为，不是吗？"

"以太直播能发展到现如今这个规模，托莉功不可没，所以我也想尽可能地尊重她的想法。"

说得倒是冠冕堂皇。

"然而要是那套摄影系统真被禁了，再有想法也毫无意义。黑洞节是什么时候开幕来着？"

"下个月，也就是两周后。"

"下下周是吗？和警告函的答复期限几乎一致。"

最后期限这东西似乎特别喜欢扎堆，就好像道路施工都喜欢赶在年末进行一样。

未来以手扶额，低声呢喃。

突然间棚町的声音消失了。电话那头，他似乎在和其他员工交谈。

依稀能听见他们的谈话内容：

"我现在正在打电话，晚点——什么，米谷方面的联络？"

未来顿时有种不好的预感——应该说以太直播的这趟委托就没让她产生过好的预感。

未来赶忙问道：

"米谷那边怎么说？"

棚町用泫然欲泣的语气说道：

"米谷那边发邮件过来了，说是近期会提起诉讼。"

"啥？"

宫益坂的行人纷纷看向未来。

未来飞速说道：

"目前还在警告函提及的答复期限内，再怎么说也太早了！麻烦把邮件转发给我。"

未来很快便收到了棚町转发过来的邮件。打开邮件后，她快速扫视了一遍PDF格式的警告函。

格式和上一封警告函截然不同。

严格来说都不能算是警告函，而是通知书。

简单归纳一下内容就是："根据同专利权人华村测绘机器的商议结果，我司决定提起诉讼，以求让本次侵权事件真相大白。"

这太不合理了，未来开始思考对方这么做的动机。

"如果对方真的想闹上法庭，打从一开始就没必要发什么警告函，直接走诉讼程序就好了。他们到底图什么？"

未来又重新读了一遍邮件。

"商议结果"。

她恍然大悟。

"米谷肯定是受了华村指使，这才决定提起诉讼的。"

棚町整个人再度陷入混乱：

"这下可如何是好？最担心的事情终于还是发生了！"

米谷和华村之间到底发生了什么？

"作为拥有专利的一方，在发出警告函的同时为接下来可能发生的诉讼做准备倒也不足为怪，可在警告函提及的期限内发起诉讼就太违背商业礼仪了。除非是专利权人察觉对方在跟自己阳奉阴违——"

未来脑中突然闪过一个念头。

"多半是薄云鹰介干的好事，很可能是他弄巧成拙惹恼了华村。"

棚町慌忙问道：

"您是说他真跑去对方那里提议合作了？可大凤老师您不是已经跟米谷那边强调过了吗？你才是唯一的沟通窗口啊。"

未来已经完全猜到到底发生了什么。

"可能除了米谷之外，薄云先生还向身为专利权人的华村也提出了合作的建议吧。"

离开以太直播的时候，薄云顺便捎走了专利公告。

而专利公告上并不会有被授权方的名号，只会写明专利权人，也就是华村测绘机器。

有可能薄云打从一开始就没理会米谷，而是直接找上了华村，传达合作意向。

或许薄云对于专利法其实也只是一知半解，所以并未真正弄清专利授权和专利权人之间的关系？

华村和薄云这两位真要是面对面聊起来，考虑到薄云一贯盛气凌人的做派，极可能没说几句话就将华村惹毛了。

未来越想越觉得不能让薄云和华村当面交谈。

棚町慌慌张张地说道：

"我这就去和薄云先生确认这件事。"

未来试图宽慰棚町几句，于是说道：

"说不定明天就会收到法庭的传讯通知，所以有必要为诉讼做些准备。不过如果真闹到诉讼这一步，根据之前的协议，我方将不会收取代理人手续费，并且继续代为处理诉讼方面的事宜。"

大概是因为太过愤怒，棚町用有些含混的声音说道：

"这次要真的是薄云先生捅的娄子，就算是投资人我也饶不了他，哪怕和必中资本打官司也无所谓。"

未来同样气得够呛，她咬牙切齿地劝说棚町：

"我能体会您的感受，不过君子报仇，十年不晚，当下还请以挽救天之川托莉为优先。我也会想想其他补救措施。"

结束通话后，未来深感疲倦。

她擦了擦额头的冷汗。

米谷这次发来的邮件里有"同专利权人华村测绘机器的商议结果"这样的表述，但与其说是"商议结果"，倒不如说是华村单方面的"命令"。

薄云的合作提议激怒了华村，于是后者给米谷下达了指令——这是合乎逻辑的推测。

手机很快再次振动起来。

是未知联系人的来电。除了各路委托人之外，知道未来手机号码的人并不多。

未来按下通话键：

"喂，哪位？"

电话那头的人声音有些嘶哑，但音色依旧动听。

"不要用那种好像刚刚大吼大叫过似的沙哑声音跟我说话，我可是你的客户。"

未来本打算挂断电话，但最终还是决定和对方多聊几句。

"您是托莉，对吗？我好像没给过您手机号码吧？"

"我问棚町总经理要的号码，刚刚你们通话的时候我就在边上。"

未来一时间不知道该说什么好，最后只能挤出一句话来：

"情况略有变化，但无须担心。"

托莉没接话茬，自顾自地说道：

"过来见我。现在，立刻，马上。"

第四章

敌方的意图

1

从JR惠比寿站西出口出来，沿着明治大道走上大概五分钟，便能见到一家Livehouse①。这里便是未来和天之川托莉约定的见面地点。

晚上七点，未来准时赶到Livehouse后，发现入口处已经排起了长龙。

排队的人里边既有哥特萝莉②打扮的女生，也有身着校服的女高中生，还有扎着马尾辫的年轻男人、西装革履的上班族、一头金发的五分之一部分挑染成紫色的男子、形容憔悴的女性上班族等，看上去和普通Livehouse的观众人群没什么两样。

就在未来犹豫自己要不要也去排队的时候，突然察觉有人从身后走了过来。

刚一回过头去，未来的手就被那人攥住。

来人不是别人，正是天之川托莉。托莉今天穿了一条牛仔裙，上半身则套了一件Hysteric Glamour③的T恤，一头长

---

① 起源于日本的表演用场馆，一般配备有顶级的音乐器材和音响设备，适合观众近距离欣赏各种现场音乐。

② 一种服饰风格。颜色基调以黑白为主，通常配以十字架、银器等装饰，以及化较为浓烈的深色妆容，从而强调神秘色彩。

③ 日本的时尚品牌，1984年由设计师北村信彦设立。

发在脑后扎成了单马尾。

托莉一边拉着未来向前走一边抱怨道：

"来得可真够晚的。你知不知道客户就是上帝？但凡我叫你，你就应该在三秒钟内赶过来。"

未来想甩脱托莉的手，却拗不过对方的蛮力。

她只得用语言表示抗议：

"我的客户不是您，而是以太直播这家公司。退一万步说，也应该是棚町总经理。叫我来到底有什么事？我可是个大忙人。"

托莉将未来一路带到了Livehouse的侧门，门口写着"无关人员严禁入内"几个大字。

托莉毫不犹豫地扯着未来走了进去。

两人沿着昏暗的走廊前进，不时有工作人员与她俩擦肩而过，投以疑惑的目光。

托莉和未来径自来到后台之后，工作人员终于坐不住了。

其中一名工作人员慌忙上前制止道：

"您也就罢了，可后边这位——"

托莉取下墨镜：

"她是和我一起的，让我们过去。"

工作人员沉默了。

未来就这么一头雾水地被托莉连拖带拉，继续在

Livehouse内部穿梭。

她们穿过被好几间化妆室包夹的走廊后，出现在眼前的是堆有乐器箱、扬声器等物件的空间。看起来是一个仓库。

可这仓库里工作人员的数量反倒更多，一名戴着耳机设备的男子正瞪着布满血丝的双眼大吼大叫。

室内橘黄色的照明相当昏暗，依稀能看见某个眼熟男子的身影。那人依旧穿着一身看起来十分廉价的西装。

托莉突然停下脚步，未来也随之停了下来。

"安安静静地看好了。"

托莉指了指仓库内部，未来从墙角探出头来。

仓库的四周放着好多台支着三脚架的摄像机。

被摄像机包围的长方形空间中铺着薄地垫。

站在空间中央的是一名短小精干的女子。她身高在一米五左右，气质上很像一名舞者。女子身着两件套的运动服，全身上下都粘满了贴纸。她正通过小型屏幕依次确认工作人员和摄像机的拍摄情况。

托莉很快便向其他走廊走去。这家Livehouse的内部空间相当之大。

没过多久，两人便来到了一间录音室前，看得出录音室的窗户用的是隔音玻璃。

托莉找了一个录音室内的人看不见的位置站定，说道：

"注意看，同时别被里边的人发现。这还没正式开始呢，大伙儿就已经兴奋得很了。"

站在录音室里的人居然是祐天寺真子，此刻的她正头戴耳机，满脸不愉快地盯着麦克风。

未来向托莉问道：

"这不是栟名田卡兰的演员吗？等一下，您该不会是过来揍人的吧？"

托莉愣了一下，回答道：

"你当我是疯狗吗，见人就咬？我今天只是来听歌的。跟我来，我知道不会被观众吵到的座位。"

托莉依旧拽着未来的手前进。

未来一边被扯着往前走，一边问道：

"这里是栟名田卡兰的录音现场吗？刚刚那个浑身粘满贴纸的人是谁？"

托莉惊讶地睁大了双眼：

"身为以太直播的代理人，居然没看过VTuber的现场演出？"

"对于代理人来说，'看过现场演出'并不是必备条件。"

托莉愣了愣，重新戴上墨镜：

"看了你就知道了。"

一走进演唱大厅，低音波便从四面八方袭来。

大概能容纳一百人的空间此刻被挤得满满当当，感觉都要被这些观众产生的热量蒸发掉了。

托莉向前走去，人群随之让出道来。

托莉走到大厅最后方的位置站定。

舞台之上，左右两侧各安设有一块竖长屏幕，但并没有架子鼓之类的乐器。

仔细一瞧，能看见舞台中央还放着一块透明的玻璃板，面积相当之大。

场地很快暗了下来，现场随之爆发出近乎尖叫的欢呼声。

因为栟名田卡兰的身影显现在舞台之上。

"原来是这么个路数啊，我还是头一回见。"

舞台之上，栟名田卡兰正上下左右四处翻飞。

未来大声向托莉问道：

"难道说跳舞和唱歌的不是同一个人？"

托莉点点头，说道：

"栟名田卡兰的舞蹈是由专属舞者通过动作捕捉实现的，真子只是负责唱歌和说话而已。"

祐天寺真子——准确来说应该是栟名田卡兰——开始讲话了，依旧是那种叽叽喳喳的语调。

未来有些感慨地道：

"这就有点类似分别录音。仔细想想也是，没必要让同一个人又跳舞又唱歌又讲话，各自交给专业人士代劳就好，像您这样一个人全包反倒比较另类。"

伴随着欢呼声，栉名田卡兰开始演唱。

歌曲的听感颇为奇妙，好几个"栉名田卡兰"的声音重叠了起来，如同涂了许多层油彩的油画似的。

而且彼此之间的音质还有些不同，明明都是真子的声音，却又有着微妙的差异。

未来恍然大悟，说道：

"几乎都是合成音，原来卡兰的声音全是人工合成的电子产物。"

尽管现场分外嘈杂，托莉还是听见了未来的喃喃自语，露出惊讶的表情说道：

"这都被你发现了？没错，今天一共有八个人呢。"

原来每次总人数还不一样？

托莉凑到未来耳边，说道：

"栉名田卡兰的角色声音，是将祐天寺真子本人的声音和声音合成系统相结合，再经过反复加工后得到的。根据出演舞台的不同，每次都会让专属调音师进行微调。"

未来问道：

"既然每次的声音都'独一份儿'，岂不是每场公演都具备不可替代性？"

托莉耸了耸肩：

"我是无法理解了。换作是我的话，一千次也好一万次也罢，都希望用完全相同的音色和完全相同的舞姿来进行现场演出。"

这等能力简直就像是铃木一郎[①]，据说铃木一郎跑垒的时候，永远都是以相同的步数触垒。

两小时的演出过程中，由一名"真人"和七名"冒牌货"共同组成的"栟名田卡兰"让粉丝们如痴如醉，几近癫狂，最后又仿佛将他们温柔地拥入怀中。

尽管现场欢呼声雷动，未来却感觉自己完全像一个局外人，有点不知所措。

她斜眼瞅了瞅托莉的动静，后者此刻表情严肃，活像是在电视新闻上观看某个中东小国的内战报道似的。

未来直抒胸臆地说道：

"就我个人的感觉来说，栟名田卡兰的声音仿佛变成了乐器的一部分，挺不可思议的。"

托莉摇了摇头：

"这是因为对于电子音乐来说，'噪音'本身也是一种'乐器'。甚至有些制作人在进行电子音乐歌手选秀的时候只看音色好不好听，完全不在意技术之类的其他要素。"

"以太直播也是这样吗？"

---

① 日本前职业棒球选手，守备位置为外野手，曾效力于美国职棒大联盟西雅图水手、纽约洋基、迈阿密马林鱼等球队，并保有大联盟单季最多安打262支的纪录，以及连续10球季皆能击出200支以上安打的吉尼斯世界纪录。

"以太直播直接跳过了选秀这一环节，我在YouTube上上传第一首唱歌视频之后，棚町先生就来联系我了。"

看到栉名田卡兰的影像一边挥手一边消失，粉丝们个个哭喊着挽留道："留下来！不要走！"

面对观众们此起彼伏的安可呼声，栉名田卡兰再次从黑暗中现身。

观众们仿佛见证了起死回生的奇迹一般，现场再度沸腾。

托莉语带鄙夷地说道：

"走吧。"

托莉径自向出口走去，未来赶忙跟上。

她一边快步跟上托莉一边问：

"您每次都会来看栉名田卡兰的活动吗？"

托莉很不客气地回答：

"但凡是会用到合成音的现场表演和歌曲，我基本上都会去看一看听一听。"

走出Livehouse之后，扑面而来的是略显湿润的清爽空气。

托莉依旧目不斜视地向前走着，未来瞅准机会出声问道：

"出于个人兴趣我还想问个问题，不想回答的话可以无视。"

托莉此刻的表情宛如闹别扭的孩子。

未来继续说道：

"听过桠名田卡兰的歌声之后我发现了一点，天之川托莉的声音完全没有经过加工，这是为什么呢？"

托莉扭头看向未来。她此刻的表情相当惊讶（虽然因为墨镜的关系不太容易看得出来）。

托莉总算松开了紧绷的嘴角：

"你感觉挺敏锐的嘛。"

"多少能够有所察觉吧。"

托莉如同自言自语般说道：

"因为合成音没法让人哭出来呀。"

Livehouse前的马路上有车驶过。

托莉真情流露地继续说道：

"我自己尝试过很多次，发现合成音完全无法触动我的情感开关。不过或许我只是个例，对于绝大多数人来说，桠名田卡兰那种声音就已经够了。"

又一辆车驶过。

"棚町先生之前告诉我，说情况相当不妙，甚至有可能我得就此引退——"

未来下意识地握住托莉的手腕。

这一举动似乎让托莉大感意外，一时间整个人一动不动。

未来盯着托莉说道：

"我说过的，我一定会保护好您的才华。"

短暂的沉默过后，托莉小声回答道：

"那就想想办法吧。拜托了。"

2

次日，未来接到了棚町的来电。

"我昨晚和薄云先生确认过了。大凤老师猜得没错，薄云先生之前确实联系了华村方面。"

未来以手扶额。

"薄云先生之前在专利公报上看到了专利权人的公司名字，便想当然地以为警告函是华村寄来的。这之后他和华村本人见了一面，结果两人发生了争执。"

棚町话语间的意思，显然是要让薄云那边"承担责任"。未来赶忙规劝道：

"事已至此，我们还是先想想怎样避免闹上法庭吧。"

未来再次前往米谷位于铁炮州的本部。

她一边走路一边在脑中分析现状。

米谷表示近日将提起诉讼。两周后就要举办黑洞节了，还得想办法应付栉名田卡兰最近上传的挑衅视频——这方面的工作只能拜托棚町自己处理了。当真是屋漏偏逢连夜雨，船迟又遇打头风。

随后，未来便在米谷吃了一道闭门羹。

前台小姐对着未来深深鞠了一躬，说道：

"总经理现在不方便见您，如须联系，请以书面形式沟通。"

紧接着便有三名保安靠了过来，明明上次登门造访的时候，这里没有半个保安的影子。

看来这次硬闯无门了，未来只得告辞。

米谷多半是被专利权人那边关照过了——未来咬牙切齿地想。

离开米谷的总部后，手机突然振动起来。

电话是新堂打来的。

"摄影系统目前已经解析了80%。"

未来冷淡地回应道：

"完全不够，等解析到120%的时候再联系我。"

就在未来打算挂断电话时，又听到新堂带着哭腔说道：

"之前说过要花上一周时间，现在我可是仅仅两天就推进到了80%哦！这种情况您应该表扬我才对啊。另外，尽管解析没有完全结束，但基本上可以肯定天之川托莉的这套摄影系统使用了网络虚拟化技术。"

未来将手机重新放在耳边。

"你是说5G？"

新堂有些兴奋地回答道：

"这技术超棒的，尽管部分细节还有待改进，但至少虚拟化这点是错不了的。"

如此一来，托莉的侵权行为算是坐实了。

可供选择的解决办法越来越少。

未来开始确认其他事项：

"厂商那边呢？还是查不到吗？"

新堂有气无力地回答道：

"是的，非常抱歉。不过如果真有如月测绘仪器这么一家公司，那他们家的技术实力肯定相当雄厚，激光扫描仪的精度尤其高，每次扫描下来性能差异相当之小。"

未来的感受十分复杂，因为这等于是在夸赞米谷和华村。

但她又觉得这一点有些不可思议。

未来继续问道：

"明明只是将市面上的硬件给集成了一下，性能却如此之高？用的技术是5G，对吧？"

新堂出乎意料地给予了否定答案：

"完全相反，扫描仪、点云数据、数据传输这些，从一开始便都进行了统一设计。"

"居然不是拿市面上现成的来用？难不成都是从零开始自行研发的？"

"如果如月测绘仪器真的存在，而且是一家生产商的话——可能的确如此。"

技术实力如此雄厚的生产商，却以网络二手市场为主要销售渠道——这着实有些莫名其妙。

如月测绘仪器到底是何方神圣？

就在未来思考的同时，新堂又抛来一个话题：

"对了，查找厂商的时候我还得知了一件事——貌似还有很多人也都在查天之川托莉这套摄影系统的出处。"

"都是些什么人在查？又是基于什么目的？"

"都是些VTuber。未来小姐想必也已经知道，天之川托莉这套摄影系统那可是相当给力的。"

"嗯，第一次看她跳舞视频的时候，的确很惊艳。"

"这套系统能够以微米为单位精确捕捉演员的细微表情变化，进而体现在CG角色身上。同时还能追踪演员全身的细微动作，让角色动态流畅自然。所以才会有这么多VTuber也在搜寻这套系统。"

未来本以为最多也就是有些许人打听罢了，这样看来托莉的这套系统还真是万众瞩目。

未来对新堂说道：

"可以理解，毕竟这套系统性能很强大。"

新堂语速极快地解说起来。

"其实网上关于这套摄影系统的传闻早就满天飞了，甚至还有人说用的是好莱坞的技术——"

他的音量突然高了几分贝：

"请稍等一下！"

新堂似乎是接听了另一通来电，然后在和对方沟通些什么。

没过多久，新堂兴奋的声音重新响起：

"未来小姐，从如月测绘仪器那里购买过测绘用激光扫描仪的那家测绘事务所，已经找到了。"

3

未来与新堂一道前往埼玉县埼玉市的大宫区。

所幸新堂找到的这家测绘事务所距离大宫站很近。

未来抬头看了看综合楼的标志牌，念道：

"妹尾土地房屋测量师事务所。"

新堂用手机确认地址，说道：

"没错，就是这儿。这是一家专门提供土地测量、建筑登记服务的事务所。"

两人爬楼梯来到位于三楼的事务所。

事务所的妹尾所长从里边走了出来。

妹尾是一名五十来岁的中年男子。他一身工作服打扮，国字脸上戴着一副金框眼镜。身高中等，但体格相当健硕。

未来在不涉及利益相关方具体信息的前提下，简要地向他说明了情况。

妹尾表现得相当配合：

"我们从很早之前就一直在用华村他们家的激光扫描仪，最近因为公司扩张，打算添置一台，所以就在网络二手市场找了找。"

未来尽力露出营业式笑容：

"恭喜贵司生意兴隆。话说贵司不介意通过网络购买器材吗？我们这种专利事务所只要有支铅笔就能办公，所以没什么购置专业器材的机会，也没用过网络二手市场。"

妹尾露出苦笑：

"其实最开始的时候，我们是在拍卖网站上购买了华村家的激光扫描仪。反正商品的具体品相都写得清清楚楚，而且在拍卖网站或者网络二手市场上买，要比在店里买新品便宜许多。说到底还是为了节约成本。"

未来和新堂一起露出营业式笑容。

未来问道：

"贵司是什么时候购入的呢？"

"应该是上上个月。麻烦稍等，我确认一下购买记录。"

妹尾抱过来一台厚重的笔记本电脑。

他打开二手市场的网站，调出购买记录。

未来和新堂一起看向画质欠佳的电脑屏幕。

新堂低声说道：

"和天之川托莉的购买记录所提供的信息没什么区别。"

的确如此，由于"如月测绘仪器"这一账号已被注销，商品的大部分说明信息也同样消失无踪了。

未来向妹尾问道：

"能让我们看看实物吗？"

妹尾爽快地回答道：

"没问题。"

他从事务所的内部搬出一个小型行李箱大小的黄色箱子。打开箱子之后，妹尾将里边的三脚架和黄色激光扫描仪组装了起来。

未来仔细观察了这台测绘用激光扫描仪，不由得呢喃道：

"和托莉用的那四台激光扫描仪挺类似的呀。"

"不过外观略有不同。"

未来继续发问：

"如月测绘仪器似乎并不是什么特别有名的生产商，是什么让您下定决心购买的呢？"

妹尾一脸认真地回答道：

"因为商品照片展示的用户界面和华村家的激光扫描仪很相似。我们已经用惯华村的产品了，所以觉得应该会很好上手。"

未来总觉得哪里有些不对劲，她顺着自己的直觉问道：

"您这里还有华村的扫描仪吗？能让我们看看吗？"

妹尾再次回到事务所内部，随后搬了一个橘红色的盒子过来。

他熟练地将扫描仪组装好。

这台华村家的扫描仪外形和如月测绘仪器的那一台颇为不同，后者在设计上省略了不必要的起伏，显得简约得多。

未来问道：

"能让我们看看操作面板吗？"

妹尾笑了：

"您二位随便看吧，别把机器弄坏了就成。"

未来按下了两台扫描仪的电源键。

随后开始比较两者的用户界面。

"很相似。"

尽管不大会用，未来还是试着摁了摁按键，动了动光标。

的确很相似，无论是动态还是层次结构。

妹尾在一旁解说道：

"两者的操作感很接近，画面显示也一样简单粗暴，甚至连输出数值时的误差逻辑都非常相似。需要我演示一下吗？"

妹尾端着两台扫描仪下到一楼。

他站在路中央操作两台扫描仪，测量了视野之内的五六个点，随后将两台扫描仪的测量结果进行比较。

尽管并不具备测绘方面的相关知识，看到测量结果后，未来还是吃了一惊。

"小数点后五位的数值完全相同。"

新堂问道：

"用不同的扫描仪进行测量的时候，要一直到小数点后五位之后才会体现出差别吗？"

妹尾夸张地摆了摆手。

"当然不会，除非你用同一台扫描仪测量同一个点。"

未来信誓旦旦地说道：

"妹尾先生，能借您的扫描仪一用吗？我保证绝不会弄坏，真要是弄坏了，我们会照价赔偿。"

妹尾稍加思考后表示同意：

"这周内都没问题，但下周我们要用到扫描仪，在下周前归还就好。"

未来嫣然一笑：

"那我们就借用这款华村的旧扫描仪。"

新堂和妹尾异口同声地说道：

"呃？"

新堂大惑不解。

"未来小姐，您不打算借如月生产的那台吗？"

未来用不容置喙的口吻说道：

"赶紧带上扫描仪和我一起去一趟以太直播，我有些事情需要确认。"

新堂问道：

"要确认什么？"

"我要将天之川托莉的摄影系统替换成华村的扫描仪，如果推测无误，应该是可以正常启动的。"

4

傍晚时分，两人抵达以太直播位于武藏小杉的总部兼工作室。

未来和新堂带着扫描仪跑进第一工作室。

新堂急急忙忙地启动服务器。

"我马上开始做准备，麻烦操作一下扫描仪。"

未来打开装扫描仪的盒子。

就在这时，棚町出现了，他看起来相当疲惫。

"怎么这么吵？"

未来将托莉四台激光扫描仪其中一台的三脚架取下。

棚町有些不解：

"您这是要做什么？"

"这台是华村生产的激光扫描仪，是从一家家电量贩店购入的。我们现在想看看能否用这台扫描仪启动托莉的摄影器材。"

棚町显得十分不解，呢喃道：

"这未免太异想天开了吧。"

未来将从妹尾那边借来的扫描仪小心地接在刚卸下来的三脚架上。

咔嚓一声，嵌合得严丝合缝。

为什么会如此严丝合缝呢？难道只是巧合？一切都还需要进一步确认。

新堂突然大声说道：

"一切准备就绪，随时可以摄影。"

未来嘟囔了一句：

"真希望你平时也能有这个速度。"

"我做事一向都很麻利的。"

托莉原先四台扫描仪中的一台被换成了从妹尾处借来的扫描仪，其余三台则保持原样。

未来站到四台扫描仪中央。她不会跳舞，所以只能随便走上两步。

"拍下来了吗？"

新堂一脸兴奋地盯着屏幕。

"运作一切正常。"

棚町也在一旁观看屏幕上的动静，他瞪大眼睛问道：

"为什么会这样？"

未来平静地回答道：

"托莉的这套摄影系统可以和华村生产的测绘用激光扫描仪相互替换使用。"

未来言之凿凿：

"我敢肯定，如月测绘仪器肯定和华村有着千丝万缕的联系。"

5

离开以太直播回家的路上，未来接到了矶西的电话，说是想汇报今天的斩获。

未来和他约在了新桥站附近的星巴克见面。

矶西的表情有些阴郁：

"非常抱歉，我没找到能够证明对方专利无效的证据。"

从以往的经验来看，矶西做事情从来都是速战速决，花不了多长时间便能找到证据——换句话说，如果拖了很久还找不到证据，那就是真没希望了。

此路不通，与对方正面对决的可能性已经消失殆尽。

"总之你还是继续查下去吧，如果三天后依旧没个结果，那就可以放弃了。米谷之前发起的无效宣告请求的审查记录呢？有什么进展吗？"

矶西操作笔记本电脑的触摸板，打开了其他文件，随之露出如同在鉴赏现代美术作品的表情，说道：

"米谷发起的无效宣告请求其实有点特别——他们认为对方的专利申请涉及侵权。"

未来吃了一惊：

"也就是说，米谷认为华村是在未获得发明人许可的情况下申请了专利？"

矶西点了点头：

"一家公司如果想申请专利，首先必须获得发明人的许可，但华村似乎没这么做，米谷显然是察觉到了这一点。"

"如果真是这样，华村的专利就很有问题了。"

矶西用力点了点头：

"这样一来，他们家的专利权就无效了，因为这算是盗用其他人的发明。"

未来突然想到一个问题：

"米谷是怎么知道华村盗用他人发明的呢？专利局那边在审核申请的时候不会确认申请方是否获得了许可，应该只有发明人本人和华村自己知道真相才对。"

"具体情况不清楚，总之最后米谷没成功，华村得以保留这一专利权。"

真的是谜团重重。未来说道：

"华村能笑到最后肯定是因为有什么证据，查到米谷是怎么输的了吗？"

矶西犹犹豫豫地回答道：

"因为米谷突然拒绝提供相关证据。"

未来快速扫了一遍审判记录，的确没有任何与证据有关的记载。

未来仰头望天：

"这样一来就算华村的专利申请侵权了，真相也无从查起呀。"

矶西眼睛一亮，说道：

"或许他们是有意而为之？"

未来恍然大悟。

"也就是说米谷最后主动放弃了诉讼，让对方将专利保留下来了？"

矶西点点头。

"很有可能。因为如果专利真的无效了，华村和米谷都无法独占该项技术。可要是专利权得以保留，那技术就是专利权人自己的了。或许华村和米谷在私下里达成了某种协议。"

"你觉得是哪一方先提议的呢？"

矶西略加思考后回答：

"应该是华村吧。毕竟米谷一开始可是想干掉对方的专利呢。"

未来突然觉得看见了一丝曙光，她小声说道：

"看来可以和华村翻翻旧账了。"

矶西微微一笑，说道：

"我就知道您会这么说。"

未来问道：

"发明人是何许人也？我想和那人确认一下华村是否真的未经许可便申请了专利。"

专利公告上倒是记载了发明人的姓名。

矶西确认了一下专利公告上的各项信息。

"发明人叫锻冶屋文雄，此人在专利局登记的发明仅此一项。"

"你知道这人现在在干什么吗？"

矶西摇了摇头：

"光靠专利文献无从查起，我查了一下华村其他的专利，也没有此人身为发明人的记录。"

未来喃喃自语道：

"看来只能让其他人去查了，但愿夏目那边在好好干活。"

矶西也收起笔记本电脑，说道：

"汇报完毕。"

未来交代他继续调查，随后便打道回府。

到家后，她收到了阿姚发来的邮件：

龟井因为疲劳过度病倒了，目前正在住院，而皆川也因为腰痛的老毛病恶化一同进了医院。目前在继续和皆川电工沟通交货期限。保险起见，我把医院名字发给你。

阿姚那边的工作看起来也相当棘手。

6

次日早晨，夏目联系了未来，说要汇报米谷、华村方面的调查进展。

未来快马加鞭地赶到夏目那家位于涩谷宫益坂的事务所。

夏目一边抽着薄荷味的电子烟一边敲击键盘：

"调查的关键线索是松上工务店，正是它将米谷和华村串联了起来。"

未来立刻说道：

"具体说来听听。"

"未来小姐，你总是运气很好，我们这边的一名调查人员查到了相当有用的情报。首先，米谷能勾搭上松上工务店，是因为他们从华村那里获得了授权。"

夏目看向屏幕，微笑着说道。

屏幕画面中布满有关松上工务店与华村展开合作一事的新闻报道。

"松上工务店最开始其实是打算和华村进行技术合作，但对于前者来说，后者的规模过于庞大，所以松上工务店恐怕也是担心驾驭不住对方。"

未来点了点头：

"可不是。而且华村家那个总经理尤其不好处。"

"最为关键的便是点云数据处理技术。对于松上工务店来说，只能指望专利权人提供这项技术了。"

"毕竟松上工务店软件方面的实力薄弱，光靠自个儿可搞不定。"

"松上工务店本以为点云数据处理这块儿只能通过与华村合作来实现，谁承想半路杀出个米谷，竟然针对华村的专利发起了无效宣告请求。"

夏目收集情报的能力是真的强，居然顺藤摸瓜追踪到了无效宣告请求这一步。

未来补充说明道：

"我刚刚得到消息，米谷在发起无效宣告请求之后又故意输掉，之后便从华村方面获得了授权。"

夏目呢喃了一句"果然如此"，看起来毫不感到意外。他说道：

"那么现在的问题，就是如何获得未来小姐所需要的、能够证明华村未受许可便申请专利的证据。您是打算和华村翻旧账，对不对？'你们申请专利的时候没经过发明人的许可，所以专利是无效的！'"

未来感叹道：

"你还真是无所不知无所不晓，难怪收费那么贵。"

夏目微笑着调出了其他资料。

"我们先来看看发明人锻冶屋文雄的个人资料吧。"

屏幕上出现的是锻冶屋文雄的相关信息，也不知道夏目是从哪儿弄来的。

锻冶屋这人之前就职于某家大型电信企业，今年也才三十四岁而已。研究生时期的专业是大数据，同时还拥有数据科学家①这么个头衔。

从电信企业离职后，貌似跳槽去了华村。

未来看了看锻冶屋的照片，照片中的他正露出充满自信的笑容，让人印象深刻。

数据科学家可是相当抢手的。

---

① 指通过运用数据挖掘工具对复杂多量的数字、符号、文字、网址、音频或视频等信息进行数字化重现与认识，从而挖掘全新数据洞察的工程师或专家。

依旧谜团重重。未来呢喃道：

"华村居然能挖到这种精英？锻冶屋这种资历应该一堆公司抢着要吧，干吗要去一家测绘软件研发企业？"

夏目耸了耸肩：

"大概是因为华村给的实在太多了吧。我听说华村这边给社招工程师开工资的原则是对方要价多少就给多少，但只有第一年会兑现，从第二年开始便找你工作上的各种不是，大幅度克扣工资。这也是华村的社招员工往往干不了多久就离职的原因。"

未来以手扶额，道：

"那华村招这么多人有什么意义？难不成他们的管理层里某位高管的兴趣就是招人，人一招到就觉得没意思了？"

夏目表情严肃地回答道：

"然而换个角度说，如果一名员工真的业绩优秀，那么即便到了第二年也不会被公司穿小鞋，收入也能得到保障。锻冶屋应该是一个很有自信的人，所以坚信自己不会被克扣工资吧。"

未来回想起在米谷总部见到华村本人时的场景，说：

"我倒不觉得华村这人会说到做到。"

夏目又调出其他资料，说道：

"然后是您之前让我去找的无效宣告请求的证据。通常来说，企业都会和员工签订合同，要求员工将自身的发明专利转让给公司，对吧？"

未来点点头：

"对，即所谓的发明专利转让合同。一般都是在员工入职的时候签。"

"但华村并没有这么做。请看，这是华村那边社招员工的雇用合同模板。"

未来看向屏幕。也不知夏目从哪儿搞来了华村社招雇用合同模板的PDF文件，合同上写有华村的公司名。

"我想看的不是合同模板，而是锻冶屋这人入职华村时签署的合同文件，能用来当语气证明华村专利申请涉及侵权。"

夏目摇了摇头：

"目前还没有。我们现在正全力寻找锻冶屋本人，在找到他之前，您先拿模板凑合凑合吧。"

未来大致扫视了一遍资料，没发现有关发明专利转让的内容。

不仅如此，还令她背后冷汗直冒，忍不住惊呼：

"这家公司针对员工成果的态度太乱来了，如果只是霸王条款比较多还可以理解，可合同里干脆啥都没提。"

夏目点点头：

"嗯，就差把'员工的成果理所当然属于公司'这行字直接写纸上了。"

如果真是这样，华村方面的专利恐怕基本都是在未得到发明人许可的情况下申请的。

虽说专利局在审查时确实不会确认该项专利是否已经得到发明人的许可，但做到华村这份上未免太过了。

未来又一次以手扶额：

"身为专利代理师，我无法对这种行为视而不见。华村太漠视发明人的才华了。"

夏目一边点头一边调出其他资料：

"除锻冶屋外，华村还社招了好些电信方面的工程师，目的是5G技术的开发应用。不过这波尝试以失败告终，花出去的经费全打了水漂。怎么说呢，感觉华村这家企业在经营层面存在很大问题，他们的老板似乎比起投资更喜欢'出资'，花起钱来那是相当大手大脚。"

这倒是一条很有价值的信息，未来问道：

"你知道华村具体涉猎了哪些领域吗？"

"大体上都是些XR类IT企业，例如异次元多次元。异次元多次元最近刚刚融资成功，虽说量级不算大，但好歹也是该领域中仅次于以太直播的融资金额了，之前还上过新闻。"

商业新闻网站上的确有"VTuber事务所异次元多次元融资成功"的新闻报道。

投资方那里罗列了一大串大型企业的名号，名单的最后，写着"匿名个人投资者1人"的字样。

未来忍不住问道：

"这所谓的'匿名个人投资者'难不成就是——"

夏目点点头：

"没错，正是华村。而且他投的钱还不少，有传闻说这人此次投资可能还挪用了公司的资金。"

这段时间陆陆续续收集的零散信息逐渐在未来脑中汇聚，交织在一起。

她得出了一个假设，对夏目说道：

"你能帮我查查华村和米谷之间那份授权合同的具体内容吗？"

夏目闻言有些惊讶：

"倒也不是没办法查，不过您的目的是什么呢？"

"我想让米谷和华村反目。"

夏目吃了一惊，问道：

"这又是唱的哪一出？"

"时间紧迫。虽说华村'未经许可便申请专利'这个黑点可以深挖，但我没那么多时间和他们慢慢磨，而是必须尽可能快地在台面下解决一切。我现在最想知道的，是米谷向华村施加了怎样的义务。"

夏目有些不解：

"咦？确定不是华村向米谷施加了义务吗？"

"不，我说的是身为专利权人的华村被施加的义务。因为米谷那么做等于是放过了华村的侵权行为，相应地，他们家肯定会要求华村方面履行某种义务，而这正是我想知道的。"

夏目稍加思考后回答：

"懂了。我们尽力查查看。"

未来现在已经明确了之后的调查方向。

先看看棚町那边是否知道些什么情况吧。

7

未来从涩谷搭乘地铁东横线前往以太直播总部。

自从收到第二封警告函后，棚町便一直窝在自己的办公室里。

未来将夏目的调查结果转达给棚町知晓后，向其询问异次元多次元这家公司的经营状况。

"异次元多次元的融资情况？我还真不太清楚。他们家和我司一样并非上市企业，没有公开财报的义务。"

未来并未感到意外，她点了点头，道：

"我想也是，真要是那么众所周知的话，也犯不着费那么大劲去查了。"

棚町有些惊讶地说道：

"话说，我还是头一次听说华村的总经理投资了异次元多次元。这人确实是喜欢新鲜事物不假，但做到这份上未免也太冒进了。"

未来无意中瞥了一眼棚町的笔记本电脑屏幕。

出现在画面中的角色，是桸名田卡兰。

棚町注意到了未来的视线，解释道：

"最近桸名田卡兰演员的表现力在不断进步，如果托莉不参加黑洞节，最后的胜利者多半就会是卡兰了。"

棚町重新点下视频的播放键。

视频之中，身着小丑图案雨衣的桸名田卡兰正在整体卫浴的浴缸里淋浴。

棚町在一旁解释道：

"这是她的新歌。"

只不过视频中的画面是静止的，难不成她是想表达"只靠歌声一决胜负"的意思？

卡兰开始用恬淡的声音演唱前奏部分，这和她昨晚的现场演出风格形成了鲜明对比。

目前卡兰的"人数"（包括她本人以及提供合成音的人员）估计只有两人而已。

渐渐地，卡兰的"人数"开始增多，到最后，其本人的声音比重几乎只占了1%，基本上听不出来。

遇上有其他杂音的地方，卡兰本人的声音更是被完全湮没。

未来一动不动地听着卡兰的新歌，仿佛一时间魂儿都被勾走了。

卡兰的这段新歌视频是一天前上传的，目前播放数已经超过十万。不知道天之川托莉有没有听过。

未来脑海中突然浮现出一个疑问：

"对于VTuber来说，在黑洞节中夺冠意味着什么呢？"

棚町大概没想到未来会突然这么问，他略显不解地回答道：

"大概就相当于M-1大赛①之于搞笑艺人的意义吧。天之川托莉在之前的黑洞节夺冠后，其全部视频的播放量都增加了几十、上百倍。"

"以太直播的融资金额是不是也大幅提升了呢？"

棚町瞬间有些语塞，随后老老实实地坦白道：

"的确有了很大改观。黑洞节一结束，我司马上拿到了投资，而且金额是预期金额的5.4倍。"

闻言，未来毫不掩饰自己的惊讶：

"居然多了这么多？"

棚町冷静地说道：

①　指2001年至2010年由岛田绅助企划、吉本兴业主办的日本漫才比赛，通称"M-1"，是日本最大型的漫才赛事之一。

"其实我也说不清这个中的因果关系。是因为在黑洞节上夺冠所以融资金额提升了？还是因为融资金额提升了，所以黑洞节才被称作'VTuber界的M-1大赛'？"

未来一边看向棚町的笔记本电脑一边说：

"异次元多次元旗下的VTuber还没有在黑洞节上夺冠过，对不对？如果您是异次元多次元的投资人，会希望他们的人在黑洞节上夺冠吗？"

棚町不假思索地回答道：

"何止是希望，我会想尽一切办法促成此事。"

8

回到位于广尾的家中之后，未来将准备提交给棚町的解决方案整理了出来。

晚上九点刚过，阿姚打电话过来了：

"这边的事儿处理得差不多了，明天就能签合同。"

未来也向阿姚汇报了收获的各种信息。

阿姚听完有些吃惊：

"如月测绘仪器居然和华村是关联企业？华村本人居然还是异次元多次元的投资人？"

"我也感到很诧异，但应该错不了，否则无法解释为什么他们家的扫描仪可以启动天之川托莉的摄影系统。"

"也就是说如月测绘仪器生产的这套摄影系统其实是华村家的产品，而天之川托莉在毫不知情的情况下在网络二手市场上购买了这套系统。"

"让我感到奇怪的是，为什么以太直播会收到警告函呢？单看视频的话，没道理知道托莉用的是什么摄影系统。"

"如月测绘仪器那边的网店有一个账户名为'天之川托莉'的购买记录，虽说网站用户名称这玩意儿不能算作证据，但华村多半是注意到了什么。"

"然后就顺藤摸瓜去看了托莉的视频，确定托莉的确侵权了？也是，毕竟是自己公司的产品，自然是一眼就能分辨出来。加上华村还是异次元多次元的投资人，当然不介意给异次元多次元的竞争对手，也就是给以太直播使点儿绊子。"

"那为什么寄出警告函的不是华村，而是米谷呢？"

"我猜这两家在授权的时候就已经说好了，取缔侵权产品是米谷方的义务。华村发现侵权商品之后，便联系米谷代为处理。"

阿姚对未来的说法表示认同：

"授权归授权，华村未经发明人许可申请专利终归是事实。目前看来这两家公司肯定私下里达成了某种交易，米谷以不追究华村的专利申请问题为条件，获得了对方的授权。"

未来点了点头，然后开始说出自己担心的问题：

"未经发明人许可申请的专利当然是无效的，但如果通过正规手续令其无效，从提出申请到专利局那边出结果，得花上好几个月，况且我们还没有掌握到确凿的证据。"

阿姚似乎很理解未来的担忧：

"嗯，毕竟对方现在随时都可能发起侵权诉讼，花上几个月时间等专利局那边出判决结果不太现实。你有什么对策吗？"

"想尽早私了的话，就得加快谈判速度。同时面对米谷和华村并非上策，有必要让华村这位'专利权人'先行离场。"

阿姚吃了一惊：

"这能办到吗？"

"关键在于搞清楚米谷与华村之间所签合同的具体内容，尤其是违约责任。"

阿姚略加思考后回答道：

"一般来说，合同里都会写明违约责任。比如出借高级乐器的合同里会写明，若是租借方弄坏了乐器，需要如何赔偿，等等。"

"我说的就是这个，不过这次要查的是出借方的违约责任，比如如果借出的'高级乐器'其实是便宜货，出借方需要承担怎样的责任。"

"嗯，虽说不能一概而论，但如果是我跟别人借东西，肯定会在合同里写明出借方的违约责任。"

"这次不是出借乐器，而是转让专利权，所以关键在于转让专利权的一方，也就是华村方的违约责任。"

"米谷和华村算是共犯。就算双方没有相互包庇的意思，为了避免对方事后反水，合同里肯定少不了非常严格的违约责任条款。"

"如果有这种条款，就可以加以利用，通过让华村和米谷反目来减少敌人的数量。相较于以一敌二，一对一的谈判会更有胜算。"

"真是一场豪赌啊。"

"但值得一试，对不对？"

手机那边传来阿姚的轻笑声：

"如果你的推测无误，华村那边打从一开始就不是冲着钱来的，而是想让托莉从今往后再也无法使用那套摄影系统。毕竟如果异次元多次元能继续坐大，华村也能赚个盆满钵满，换作我一样也会这么做。"

"没错。"

"那就辛苦你继续推进啦。相信等我回东京的时候，一切都已经尘埃落定。"

这段长时间通话终于结束。

未来刚将手机放在桌上，马上又有人来电了。

是夏目打来的。他说道：

"我弄到您需要的资料了。没错，正是华村和米谷的授权合同内容。"

真不愧是夏目，手脚就是麻利。

"具体内容是怎样的？"

"作为获得华村授权的条件，米谷必须承担取缔侵权商品的义务，如米谷针对该项义务的执行有所懈怠，华村可以收回授权。"

"华村方面的违约责任是怎样的？"

"合同里是这样写的：'如华村做出有损该项授权的行为或不诚信行为，则须将该项专利无偿转让给米谷。'"

这俩狼狈为奸的货居然在合同里大谈诚信，当真是滑天下之大稽。不过加在华村身上的这条违约责任可谓相当狠辣，真要履行起来，该项专利便彻底变成米谷的囊中之物了。

未来语气严肃地确认道：

"确定吗？你没乱讲吧？"

夏目信心十足地说道：

"错不了，我看过合同了，只是不能告诉您我是怎么看到的。"

尽管收费不菲，但夏目提供的这条信息可谓是物有所值，如此一来，之后跟棚町报销调查费用的时候，未来也不会太有负罪感。

她向夏目表示感谢：

"谢谢你，帮上大忙了。"

目前桦名田卡兰的新歌播放次数已经突破三十万。

同时天之川托莉即将引退的传闻也甚嚣尘上。

时间已经所剩无多了。

9

次日，未来带着方案前往以太直播。

如今的棚町身心俱疲，黑眼圈相当明显。

未来向棚町说明了当前情况。

棚町有气无力地点了点头：

"有点复杂，不过对方的情况以及我司现状都算是捋清楚了。"

未来将一个信封放在棚町的桌上，说道：

"根据当前情况我整理出了应对方案，烦请过目。"

棚町打开信封，从中取出一页文稿。

未来开始滔滔不绝地解释：

"正常来说其实有好几种正规的解决办法，比如发起诉讼让专利失效，又或者主张对方申请专利时未经发明人许可——但如果想尽可能快地完美解决此事，恐怕就得请贵司冒一定的风险。"

棚町拿起方案开始浏览，很快，他的眼神便重新有了活力。

"您的意思是托莉可以参加黑洞节？"

未来点了点头：

"在本方案中，'天之川托莉参加黑洞节'是必不可少的条件，具体的我就口头说明吧。"

棚町一言不发地听完了未来的解说，随后像是突然想到了什么似的笑着说道：

"真可谓是一场豪赌。"

未来回以一个微笑。她自己也很清楚这一方案相当冒险。

"毕竟是将一切希望都押在了天之川托莉身上。"

棚町的眼神已经明确表态。他平静地回答道：

"行，就这么办吧。"

未来站起身来。

"距离黑洞节还有不到两周时间，得抓紧准备了。"

第五章

放手一搏

1

方案通过两天后，未来、棚町、天之川托莉三人约在了以太直播总部棚町的办公室里见面。

准确来说新堂也在场，只是由于连日操劳，此刻的他正瘫倒在办公室的地板上。

办公室内大型纸箱堆积如山，足足有二十五个之多。其实未来本希望能准备更多，但目前这个数目已经是极限了。

托莉依旧坐在棚町的办公桌上，仿佛那是她的专座。

未来一脸认真地对托莉说道：

"我最后再确认一次，可以吗？"

托莉今天将一头黑发在脑后扎成两股，身上穿着一件肉色的紧身连衣短裙，脚上蹬的休闲拖鞋则是棕色的。

托莉瞪了未来一眼，说道：

"三番五次地确认烦不烦？你这明显就是在往客户身上推卸责任。"

未来将脸凑近托莉，几乎要碰到对方的鼻尖：

"'明显'这个词是多余的，我就是在推卸责任。作为代理人，我们只负责提出方案，具体如何选择是客户的工作。"

托莉瞪着未来的眼睛说道：

"要是方案失败了，你可一毛钱都捞不到。"

"何止如此，加上各种必需的成本费用，槲寄生会亏上一大笔钱。"

托莉皱起眉头，但眉间的皱纹并未让她的美丽褪色几分。

"你做方案向来都这么胡来吗？"

"想快速解决问题，就得承担相应的风险。"

托莉看向棚町，问：

"棚町先生也没意见吧？"

棚町惊讶地瞪大了双眼。

"你居然会问我的意见？难不成是因为有点没自信？"

托莉右手握拳猛捶棚町的桌面：

"一个个都蹬鼻子上脸起来了。我是什么人？我可是天之川托莉！行，就这么定了。"

未来和棚町交换了一下眼神，后者开口说道：

"可以搬了，麻烦各位。"

在走廊上等候的运输公司员工们一拥而入，将纸箱一件件搬出办公室。

未来看着他们手脚麻利地将纸箱搬出房间，小声呢喃道：

"距离黑洞节还有一周多一点的时间，期间需要重新制作CG角色，调整动作捕捉，重新设计CG角色的动作程序——感觉参加黑洞节的VTuber个个都得累趴下。"

棚町微笑着点了点头：

"他们多半累死也是开心的。"

未来言之凿凿地说道：

"如果我的猜测无误，在黑洞节开始前会有机会和米谷交涉。届时我会好好利用这一机会，为这场闹剧画上休止符。"

未来瞥了一眼托莉，发现后者正在微笑。

2

三天后，网上开始流传一条有趣的传闻。

"天之川托莉的摄影器材免费送。"

这一传闻自然也流入了棚町和未来耳中。

两人此刻正身处以太直播总经理的办公室内。电脑的浏览器上罗列着数不胜数的页面，全是棚町和未来收集的相关新闻报道。

未来对棚町说道：

"果不其然，这话题的热度上来了。"

棚町表情严肃地看着屏幕中的VTuber视频。

"YouTube上现在已经有很多用和托莉同样工具拍摄出

来的VTuber视频了。"

未来从棚町身后看向他的电脑屏幕，说道：

"这才三天而已，比想象中更快呢。"

棚町背靠在椅子上，道：

"这些VTuber现在简直像是在过狂欢节似的，果然大家都垂涎托莉这套摄影系统很久了。"

未来将自己的电脑屏幕转向棚町，说道：

"为了配合新的摄影系统，几乎所有VTuber都彻底重制了CG角色形象。可突然间改变形象的话，粉丝会不干的吧？"

棚町仰头看向天花板，回答道：

"倒也不至于。VTuber人气变高之后，首先想到的都是迭代自己的CG角色形象，使模型更加精细，动态更加生动。但这种事情发生得并不频繁，所以粉丝高兴都来不及呢。"

"参加黑洞节的VTuber们是不是每个人都会用呢？"

"我们一共送出了二十五份工具，其中有十八人在YouTube上传了视频，所以这些人确定是会使用的。剩下的七个人尚未上传视频，但都在推特之类的平台上说过收到了工具。真是难以置信，正如大凤老师所说，竟然几乎所有人都没有拒绝。"

未来一边看向棚町的电脑屏幕一边说道：

"这是必然的。我现在最想知道的是华村和米谷的动向。顺利的话，他们两家此刻应该有所行动了。"

棚町的表情有些不安。

"您说收到工具的那些VTuber，会老老实实遵守我们提出的'工具使用条款'吗？"

未来微微一笑：

"正因为他们遵守了使用条款，现在网上才没有任何关于'条款'的讨论。要是他们不遵守，现在关于'条款'的讨论早该吵翻天了吧。"

"这下我们可谓是孤注一掷，接下来就全靠大凤老师您了。"

未来点点头：

"您这边可以安排托莉为黑洞节做准备了，是计划今天公开参加黑洞节的预告视频吗？"

"预计今晚十点公开。"

就在这时，办公室门外传来两个人的脚步声。

这两人的脚步声都是似曾相识的。

其中一人门也不敲便闯了进来。

来者是祐天寺真子，她穿着一件无袖高领薄套头衫，紧随其后的，是她的经纪人赖本。

未来愣了一下，道：

"无关人员不是严禁入内的吗？"

祐天寺真子没理会未来的质问，高声吼道：

"你就是天之川托莉的代理人？难怪以太直播和演唱会现场哪儿哪儿都少不了你。托莉她人呢？"

未来用教训晚辈的语气回答道：

"我的职责范围仅限于与以太直播专利相关的部分工作，并非天之川托莉的全权代理人。"

棚町又补充了一句：

"托莉现在人不在哦。"

真子一瞬间露出了不甘心的表情，但很快又瞪着未来说道：

"那套摄影系统对天之川托莉来说明明那么重要，你居然拱手交给了其他竞争对手？你是想让托莉完蛋吗？而且不是说这套系统还存在专利问题吗？我们事务所的顾问律师可是再三强调过的，'绝对不能用'。"

未来用感佩的语气说道：

"看来贵司倒是雇了位很靠谱的律师嘛。"

真子抿了抿嘴，说道：

"可我偏要用。毫无疑问我的实力比天之川托莉更强，之所以现在人气不如她，只是因为工具不够好，没办法通过CG将我的表现力完美呈现。在硬件完全相同的前提下，托莉根本不是我的对手。这些话记得替我说给托莉听。"

未来闻言忍俊不禁：

"你是专程来说这些的吗？谢谢你，我会代为转达的。"

真子自顾自地说了一大串之后，扭头便打算离开。

未来对着真子的背影说道：

"除你之外，其他VTuber的想法也差不多。如果打算使用，还请遵守'使用条款'。"

真子用极度不悦的语气回答道：

"如果收到侵权警告函了就知会你们一声，对吧？这有什么难的。话说你不担心吗？万一弄得不可收拾，你真打算全额承担侵权赔款？"

未来点点头：

"这一方案是我提出的，真要出什么问题当然也应该是我来担责。当然，我不认为会走到那一步。"

真子猛然回过头来，信心十足地笑道：

"天之川托莉的时代即将终结，从今往后，便是我栌名田卡兰的时代了。"

3

两小时后，新堂来到了以太直播的办公室。

他看上去兴奋异常：

"现在就连九段下昂、新田阿纳斯塔西娅、爱媛夏蜜柑都更新了自己的CG形象。真的是难以置信，这群VTuber的表现力瞬间都上了一个台阶，简直堪称技术奇点①啊！"

未来瞪了新堂一眼：

"吵死了，别瞎嚷嚷。话说这些家伙的名字还真够夸张的，真心搞不懂这些VTuber取名字的品位。"

新堂意气风发地从背包中掏出笔记本电脑。

"他们的角色模型动作也很夸张哦。"

新堂打开电脑后，未来看向屏幕。

新堂用近乎呻吟般的喜悦声音大声说道：

"快看快看，这是栉名田卡兰刚刚上传的视频。视频中的新CG形象是完全从零开始制作的，简直就是落入凡尘的天使！不对，应该说她打从一开始就是天使，现在只是解除了封印而已！"

现在距离真子声称会使用托莉的摄影系统仅过去了两小时，看来在过来放狠话之前，真子那边就已经把一切都准备妥当了。

未来看了看栉名田卡兰的新形象。

色调偏浅，仿佛随时都会从画面中消失似的。

未来甚至不敢挪开视线，因为感觉一旦挪开，就会和这

---

① 出自奇点理论，是一种根据技术发展史总结出的观点，其认为人类正在接近一个使得现有技术被完全抛弃或者人类文明被完全颠覆的事件点，在这个事件点以后的事件就像黑洞的事件视界一样完全无法预测。

一角色诀别。

她突然和画面中的卡兰对上了视线。

卡兰的眼神是如此的幽深，仿佛一位抛弃了行将毁灭的母星与同胞，跨越遥远的银河系，独自一人搭乘休眠舱抵达地球的天外来客。

但在这全新的卡兰身上，未来能切实感受到祐天寺真子的存在。

难以置信，这个人两小时前还在以太直播大呼小叫，此刻她的表情却在栟名田卡兰的新CG形象上得到了近乎完美的再现。虽说软件多少会有些加工，但卡兰这一新形象的表情捕捉已经相当传神。

未来忍不住嘟囔道：

"栟名田卡兰有这么可爱吗？和在Livehouse看到的形象完全不同。"

新堂露出诡异的微笑：

"天之川托莉的这套摄影系统能够最大限度地体现栟名田卡兰的魅力，但如此一来，就必须想办法解决舞蹈方面的问题。之前卡兰模型的舞蹈动作用的是其他舞者的，从今往后祐天寺真子就得自己跳舞喽。但是呢——"

新堂突然举手握拳嚷道：

"我们的祐天寺真子肯定没问题的！"

未来狠狠踩了新堂一脚，后者随之发出惨叫。

"抱歉打扰你的兴头了，我现在想听听你的直观感受——你觉得这次黑洞节哪个VTuber能笑到最后？"

新堂冷静地回答道：

"这个真的很难说。之前天之川托莉领先了其他人一个身位，但现如今已经不存在技术上的壁垒，所以谁赢都不奇怪。"

要的就是这个效果。未来问道：

"你是说其他VTuber也能够比肩托莉了？对了，黑洞节的比赛规则是怎样的？"

"完全靠观众投票，受欢迎的一般都是有趣或者能让观众感动的作品。这么说来，托莉其实一直没什么大的变化，如今环境和之前大不相同，对托莉反倒比较不利。"

"最后统计票数的时候，要怎么防止舞弊呢？"

"貌似是将美国总统选举时用过的线上投票系统进行了改良。"

姑且相信这套投票系统能有基本的安全保障吧。

未来继续确认道：

"除了天之川托莉之外，你觉得谁最有希望夺冠？之前应该是栿名田卡兰吧？"

新堂犹豫了一下，这才回答道：

"栿名田卡兰确实不错，但我觉得除了托莉之外，其他使用了新工具的VTuber都会是冠军热门人选。"

未来平静地笑了。很好，一切都在按照计划进行。

"谢啦。"

棚町小声说道：

"有人发信息过来说收到警告函了。"

未来跑到棚町身边。

收到警告函的是VTuber爱媛夏蜜柑的事务所"地平说"。

未来快速浏览了一遍对方发来的文件，道：

"比预想中来得更快，看来华村现在相当慌乱。"

4

两天后，未来收到了棚町发来的报告：

"目前已经有二十名VTuber收到了警告函。"

未来确认了一下提供相关信息的人员名单。

其中没有栉名田卡兰的名字，也就是说其所属事务所异次元多次元并未收到警告函。

"看来我们的预测没错，华村的目标，果然就是想让栉名田卡兰在黑洞节上夺冠。"

棚町点了点头：

"而那些VTuber果然纷纷表达了不安和抱怨，以太直播这边同样收到了很多近乎诉苦的联络。"

未来淡定地回答道：

"请把事先准备好的说明文件发给这些VTuber，这样他们应该不至于直接找上门来。"

"明白。"

决战时刻即将来临。

未来喃喃道：

"不知道米谷的老大现在是什么表情。多半正在被华村各种施压，然后脸色苍白地写着警告函吧。"

棚町问道：

"接下来要怎么做呢？"

"一旦确认收到了摄影系统的二十五人除卡兰之外全都使用了这套工具，就可以进入下一环节了。如有必要，我这边会单独联系那些没有反馈信息的VTuber进行确认。"

棚町露出心领神会的表情，问道：

"米谷那边会愿意和咱们谈吗？"

未来言之凿凿地回答：

"绝对会的。"

当天晚些时候，剩下的四名VTuber也发来信息，表示自己收到了米谷发出的警告函。

未来跳过书面环节，直接给米谷打了电话。

对方接电话的人依旧表示己方不打算和未来交涉。

未来不以为意地继续说道：

"请告知米谷总经理，麻烦他明天联系我方。您只需跟他说，'想必您最近正因为侵权过多而忙得焦头烂额，如有需要，我方可以给予协助'。请一五一十地将我说的话转达给米谷总经理知悉。"

电话那头似乎传来了些许抱怨，但未来不加理会地挂断了电话。

5

与米谷的交涉是在米谷总部进行的。

这次未来没被领到上次的接待室，而是被请进了一间相当宽敞的会议室。

稍作等待后，之前有过一面之缘的两名高管先走进了会议室。

两人也不打招呼，只是直愣愣地盯着未来看。随后两人在会议桌的对面各自落座，彼此隔了好长一段距离。

五分钟后，米谷出现了。

他看起来疲劳得很，眼中布满血丝。

未来嫣然一笑。

米谷则是面露诅咒般的阴鸷表情，直接坐在了未来对面。

四个人都一言不发地等待着。最重要的客人尚未到场。

没过多久，华村出现了。看他脸上的表情，想必是对事态发展很不满意。

米谷站起身来，例行公事地鞠了一躬。

华村同样一言不发地坐在了未来对面。

那就开始吧。未来浅浅鞠了一躬，说道：

"首先感谢各位赏脸。"

华村谁也不看，如同对着空气发言一般气呼呼地说道：

"监测和取缔侵权行为是被授权方，也就是你们这边的义务。有必要让我也来插上一脚吗？"

米谷用颤抖的声音回答道：

"因为侵权嫌疑人表示想针对本次事件给出解释，并希望作为专利权人的华村方面也有人到场。"

"我没兴趣听那些牵强的借口，想表达诚意的话，就应该尽快销毁侵权商品。"

华村瞪了一眼未来，质问道：

"然而你们不但没这么做，还将与侵权商品同款的摄影系统散播给了其他VTuber。难不成你们以太直播干的都是违法制造、销售侵权商品的勾当？"

未来微微一笑，道：

"没错。"

华村瞬间愣了一下，紧接着嘴唇都抖了起来。

"你说什么？"

米谷的嘴角微微动了动，他手下的两名高管则彼此看了看对方。

未来滔滔不绝地继续说道：

"准确来说，硬件方面，我们是将市面上销售的华村扫描仪给组装了一下；软件方面，我们是复制了天之川托莉一直在用的软件，然后安装在与托莉购入的服务器规格相同的服务器里。"

华村惊讶得几乎说不出话来：

"侵权了不说，你们居然还自己制造侵权商品来卖？"

未来摊了摊手，道：

"您别着急嘛，华村先生。血压会飙高的哦。"

米谷突然插了一句嘴，此刻他的声音已经不再颤抖：

"华村先生，您先别急。"

华村怒喝道：

"你怎么还一副事不关己的样子！当初授权的时候就说好了，你们必须负责取缔侵权行为和商品！"

米谷盯着华村的双眼回答道：

"这是当然，毕竟负责取缔侵权是我司获得授权的必要条件。如果不能履行义务，授权将会失效。"

"你觉得你们履行义务了吗？"

未来插嘴道：

"不过合同也同样规定了华村方面的违约责任，对不对？'如专利权人做出不诚信行为，则须将该项专利无偿转让给米谷'。"

华村又惊又怒地看向未来，表情中惊讶情绪的占比更重。

"你听谁说的？"

未来不以为意地继续说道：

"这种事情只要确认一下合同内容便能知晓。华村先生，您知道天之川托莉是从哪儿购入那套摄影系统的吗？"

"我怎么可能知道。专利内容都是公开的，反正肯定是什么人看上了我司的专利发明，照着专利公报依葫芦画瓢制造了侵权商品，然后私下卖给了那些VTuber吧。"

未来一边观察华村的表情一边问道：

"说起来，您是怎么知道天之川托莉的摄影系统属于侵权商品的呢？仅仅只是看了视频中VTuber的画面表现，就知道对方用的是什么摄影系统了吗？"

华村脸上瞬间仿佛有阴影掠过，而这一细微的表情变化自然没逃过未来的法眼。

华村很快冷静了下来，回答道：

"是个人都看得出来。这可是我司申请的专利。"

"也就是说，您对此极为肯定，于是信心十足地向米谷下达了取缔指示？"

华村笑了，仿佛觉得未来的问题十分愚蠢。他说道：

"之前授权时设立的条件，就是米谷今后必须担负起监视、取缔侵权行为的责任。虽说我司亲自出面也不是不可以，但米谷自告奋勇揽下了这活儿。"

未来点点头，说：

"事情的前因后果我是知道的。米谷方面为了拓展业务，决定与松上工务店合作建设足球场馆等大型设施。而他们能够搭上松上工务店的理由之一，便是因为拥有华村方面的授权。"

华村冷哼了一声：

"没错，等于说米谷与松上工务店的合作是我司一手促成的。他们应该感谢我司才是。"

未来改变了话题：

"华村先生，是您向米谷总经理下达指示，让他给开始使用新侵权商品的二十四名VTuber发警告函的，对吧？虽说这项工作的确是米谷方面的义务，但突然间要和二十四名侵权者打交道未免压力过大，怕是常规工作都顾不过来了。"

华村有些讶异地说道：

"你怎么从刚才开始就一直在说些不相干的话题？米谷，你打算让她就这么东扯西拉下去吗？"

米谷似乎心意已决，他对华村说道：

"除之前的以太直播之外，这次我们又应贵司要求发出了二十四通警告函。虽说合同确实是这么签的，但我们这边其实已经有诸多不满。"

未来马上补充道：

"华村方面的想法，自然是出现了侵权者就应该想办法解决。但奇怪的是，栉名田卡兰——准确来说是异次元多次元这家VTuber事务所却没收到警告函。"

华村闻言瞪大了双眼，问：

"为什么以太直播的代理人会知道哪些人收到了警告函，哪些人没收到？"

未来淡然答道：

"是那些VTuber们告诉我的。"

"什么？"

未来从包中取出一个信封，解释道：

"向各位VTuber提供摄影系统时我们提了这样一个要求：如果收到警告函请务必联系我方，一切后续问题均由我方代为解决。试问谁愿意惹麻烦上身呢？所以当时我们就确信这些VTuber收到警告函后肯定不会一声不吭。"

未来从信封中取出名单文件，滑到华村手边：

"然而栉名田卡兰所属的事务所异次元多次元似乎并未收到警告函，所以没有联系我方。这可就奇怪了，他们明明和托莉用的是同一套工具呀？想必您也已经看过栉名田卡兰的新CG角色形象了吧？"

华村用威胁般的语气低声问道：

"你什么意思？"

"您的真正目的，其实是想让栌名田卡兰在黑洞节上夺冠，从而使得自己参与投资的异次元多次元价值提升——我说的有错吗？"

华村冷笑道：

"那又如何？我的行为有什么问题？专利权是我司的资产，威胁到专利权的害虫就该清除，至于哪些应该清除，哪些可以保留——这是我的自由，轮不到他人多嘴。"

"前提是您没有自导自演。"

"你说什么？"

"华村授予米谷的是专利技术的专有实施权，这一授权形式相当'强力'，一旦实施，即便是专利权人也不能制造、销售专利商品。"

米谷一边擦汗一边说道：

"华村先生，签合同的时候我们确认过很多遍，对不对？一旦授权成立，哪怕您是专利权人，制作、销售专利商品也会被视作侵权的。"

准确来说，是侵犯了米谷拥有的专有实施权，不过这种时候不具体强调反倒效果更佳。

未来补充道：

"这种授权形式其实已经接近于专利转让，一旦米谷方面拥有了专有实施权，华村这边的专利权就形同空壳。"

华村的表情变得越发阴鸷：

"不用你说我也知道。"

"您对'如月测绘仪器'这名字有印象吗？"

华村刻意装出莫名其妙的样子回答道：

"没印象。"

未来又取出另一个信封，说道：

"那是一家您凭空捏造的虚构公司。授权给米谷的时候，您当然知道从今往后制造、销售摄影系统会受到限制，可问题在于，已经生产好的那批激光扫描仪和服务器该怎么处理呢？"

她掏出厚厚一沓报告书，"啪"的一声扔在华村面前。

"在米谷总经理的协助之下，我们已经弄清了贵司的库存情况。也不知道是巧还是不巧，米谷总经理发起无效宣告请求的时候，摄影系统正在进行批量生产。"

华村看向报告书的眼神，如同在睥睨一只害虫的尸体。

未来继续说道：

"得知米谷方面发起无效宣告请求后，华村先生您心中大感不妙，所以赶紧同米谷取得联系，想办法劝服对方不要在判决阶段提交证据。而贵司谈判时的筹码，正是授权这一行为本身。"

米谷看向华村的眼神，就像在看杀父仇人一般。

未来的话还没说完：

"但因为授权推进得过于匆忙，导致华村这边累积了不少来不及销售的商品库存。授权成立的瞬间，'专利商品'就都变成了'侵权商品'，但华村先生您想出了一个简单易行的解决办法，那就是私下售卖。"

未来又从信封中取出一张名单，滑到华村面前，继续说道：

"负责销售的'公司'之一，便是如月测绘仪器。估计您还设立了不少并不存在的空头公司，采取匿名销售等较难被追踪的办法，秘密处理了库存。至于贵司是如何计算销售额、如何纳税的——因为与我的业务范围无关，这次并未详查。"

未来全然不给对方插嘴的机会，继续说道：

"此外，您还以个人名义投资了异次元多次元这家公司，希望提升该公司的市场估值。要说动机嘛，自然是看到异次元多次元旗下的VTuber枙名田卡兰最近人气飙升，觉得奇货可居吧。"

华村咬牙切齿地盯着未来。

"顺利的话，异次元多次元的公司规模甚至可能扩张到不亚于以太直播的程度，而大概就在这前后，您在如月测绘仪器的顾客名单上发现了天之川托莉的名字。当然，我无从知晓这份顾客名单被您藏到哪儿去了。"

未来深吸了一口气，继续说道：

"您觉得这是个击垮天之川托莉的好机会，而您这边需要做的，不过就是联系米谷先生而已。"

她从信封中取出最后的文件：

"这是对应专利权明细表，能够证明专利权人华村所销售的激光扫描仪与服务器套装侵害了米谷的专有实施权。烦请过目。"

华村勃然大怒：

"完全是一派胡言！米谷，你还傻愣着干什么！"

米谷愣了愣，摇头说道：

"授权合同白纸黑字写得很清楚，哪怕是专利权人，侵权了就是侵权了，我们这边已经做好了要求赔偿侵权损失的准备工作。另外由于我司也算是当事人，所以还会进一步追查如月测绘仪器和华村之间的资本关系。"

未来点点头：

"希望您之前没逃税，否则罪名可就不止侵权这一条了。"

华村满脸通红，一言不发。

未来没给他太多思考时间，马上补了一句：

"不过米谷先生也说了，在某种情况下，也可以考虑不追究贵司的侵权问题。"

闻言，华村如同抓到了救命稻草一般地问：

"怎么说？"

"我只是以太直播的代理人，并不打算介入贵司和米谷之间的事务。米谷先生，需要我先行回避一下吗？"

米谷此刻的表情放松了不少，他正经八百地回答道：

"不用。毕竟这事儿和以太直播也有关系。"

华村看向米谷：

"你的诉求是什么？钱吗？"

"我想要的不是钱，而是希望贵司遵守合同中的违约责任，将专利权转让给我司。"

"不是已经授权给你们了吗？"

"之前松上工务店是这么跟我们说的：'我们认同贵司的技术实力，但如果技术方面的权利关系比较复杂，还请事先打点妥当。'这也正是我司发起无效宣告请求的原因。"

华村撇开视线，说道：

"就算保持现状，松上工务店也会和你们签约的吧。"

"我们之前一直强调说'现有授权就等同于对方将专利权转让给我司'，这才勉勉强强让对方接受。但随着合作的进一步深入，还是实打实地将专利攥在手里较为妥帖。"

"技术实力？米谷的点云数据技术说到底还不是抄袭我司的，因为想侵犯我司的专利权这才引发了问题。"

"贵司愿意转让的话，我们会支付相应的金额，并且也不追究华村方面这次的侵权责任。我方想要的只是专利权而已。"

未来从旁插嘴道：

"如果严格按照合同来执行，作为违约责任，华村方面需无偿转让专利。米谷先生提的这个条件算是很厚道的了。"

华村视线游移了许久，这才问道：

"你打算出多少？"

米谷找了一个未来看不见的角度，在对应专利权明细表的背面写了一串数字。

华村瞟了一眼那串数字，说道：

"不成话，至少得这个价。"

华村夺过米谷的笔另外写了一串数字，笔尖与纸面的摩擦声相当刺耳。

米谷盯着那串数字看了一会儿，说道：

"成交。"

米谷将纸叠好，放进胸前的口袋里。

华村说道：

"我这边之后会寄出草约，毕竟我是卖方。"

说完他便离开了。

会议室中此刻仅剩下米谷、两名高管以及未来四人。

米谷长吁一口气，道：

"这人脑子到底怎么长的，一直到最后还表现得那么强势。事情到了这份上，真搞不懂他怎么还有脸拟定草约。"

两名高管也有样学样地长吁一口气。

未来愣了愣，说道：

"合同这东西是需要双方反复讨价还价的，就好像你一脚我一脚地踢皮球一样。等拿到对方提供的草约之后，您这边直接根据需要改动反馈就好。"

米谷重新看向未来：

"那么接下来，就该聊聊以太直播这边的事儿了。"

他跷起二郎腿，开口道：

"首先要感谢贵方这次的协助，同时也正如贵方所知，我司在和松上工务店合作的过程中也处于弱势地位。"

未来点点头，说：

"毕竟一切都是资本说了算嘛。"

"松上工务店方面目前已经强硬表态，表示不愿意看到其他承建商使用这套用于运动场馆建设的点云数据系统。作为合作伙伴，我司也只能尊重松上工务店的意见。"

"这里的'承建商'，是不是也包含了业务上并无交集的VTuber？"

"毕竟这涉及数字化转型的问题，就算现在业务上没有交集，保不齐今后——甚至近期会有VTuber参与到运动科技领域中来呢？"

未来看向米谷：

"您的意思，是依旧认为天之川托莉的这套摄影系统属于侵权商品喽？"

米谷得意扬扬地点了点头：

"即便专利权人发生了改变，专利内容依旧与之前无异，不会改变侵权行为这一事实。"

"也就是说，您依然打算让我方停止使用该摄影系统，并且要求赔偿损失？"

"以太直播的情况我很清楚，所以不会要求贵司停止使用，但请支付授权费用。贵司将摄影系统四处散播一事目前已经在网上蔚为话题，万一被松上工务店知道了，肯定会找我司讨个说法。"

"而这时贵司便可以说'这依旧是我司的独占技术，侵权者已经向我司支付授权费用了'，对吗？"

米谷取下眼镜，边用白手帕擦了擦镜片边说：

"以太直播显然也更希望继续使用该套摄影系统，对不对？"

未来叹了口气，说道：

"果然是物以类聚，人以群分。也难怪您之前会放华村一马，因为您二位根本是一丘之貉。"

米谷笑了：

"这么说贵司是打算走诉讼流程？"

"我倒是无所谓，不过在此之前，得先让专利无效化。"

未来掏出手机，说了一句：

"可以了，进来吧。"

一名男子走进会议室。看到男子自信满满的表情，米谷大惊失色。

未来相当随意地说道：

"应该就不用我专门介绍了吧？这位是专利发明人锻冶屋先生。"

米谷手中的眼镜跌落在地，问：

"你怎么来了？"

锻冶屋口齿伶俐地说道：

"好久不见，米谷先生。之前您突然失联弄得我一头雾水，而这次轮到我这边采取主动了。"

未来从旁解释道：

"针对华村发起无效宣告请求的时候，米谷先生您曾联系锻冶屋先生请求协助。然而和华村方面达成私了协议后，您突然断绝了与锻冶屋先生的来往。"

锻冶屋一屁股坐在了椅子上。

未来继续说道：

"我确认了华村与锻冶屋签订的劳动合同，合同中没有提及半点有关锻冶屋先生的研究成果以及知识产权方面的内容。身为一名专利代理师，这份合同着实让我开了眼。也就是说，华村方面完全是在未经锻冶屋先生许可的情况下私自申请了专利。"

米谷闻言呆若木鸡。

未来话语不停地道：

"从华村的角度来说，首先公司算是二次创业，基本上不会有那种一年之内便能研发完成的项目，加上绝大多数社招员工都会在进公司一年后离职，所以确实犯不着在合同里将研究成果的归属权写得太过详尽。"

锻冶屋拾起米谷的眼镜，放在桌上，说道：

"但我是个例外。"

未来继续口若悬河：

"没错，锻冶屋先生和其他人不同。他能力很强，结果让产品顺利生产了出来，导致华村方面为了如何处理库存大伤脑筋。顺带一提，锻冶屋先生目前就职于某大型网络平台，年收入是在华村时的两倍。"

米谷脸色发青，沉默不语。

未来问道：

"从法律层面来说，这项专利的发明人依旧是锻冶屋先生。米谷先生您正是在知晓这一事实的情况下，针对华村发起了无效宣告请求——我说得没错吧？"

米谷语速极快地反问道：

"那又如何？"

"也就是说，即将转让给贵司的'专利'其实是无效的。这要是让松上工务店知道了——"

米谷猛地站起身来，嚷道：

"你们也打算发起无效宣告请求吗？"

未来摇了摇头，道：

"我的客户是个和平主义者，虽说他们的确为无效宣告请求和诉讼做好了准备，但可能的话，还是希望尽量避免争端。当然，这取决于米谷先生的态度。"

"你们的诉求是什么？"

未来平静地回答道：

"收回针对天之川托莉的警告函，并且今后也对此不加过问。"

"松上工务店那边——"

未来打断了对方的话：

"我还没说完。贵司还须要收回之前发给其他二十四名使用了与托莉相同工具的VTuber的警告函，今后同样不加过问。"

锻冶屋吹了一声口哨：

"你还打算帮他们一把？"

米谷也极为不甘地问道：

"你的意思，是让我当一切都没发生过？"

"您不妨这么想，反正之前贵司也是在华村的强迫下，心不甘情不愿地寄了那么多警告函出去，况且现如今您也不再有监视侵权行为的义务。"

"但侵权行为依旧是事实啊，足足有二十四件之多，这要是让松上工务店知道了——"

"算上天之川托莉和栟名田卡兰的份儿，总计是二十六件。此外，您还须要向锻冶屋先生支付一定的'代价'。"

"代价？什么代价？"

"以太直播、米谷、锻冶屋三方签一份三方保密协议，保证今后绝不在任何场合提及该项专利申请不合规范的原因，并将该秘密带到坟墓里去。以上这些如果贵司均能做到，以太直播将不发起无效宣告请求。"

米谷撇开了视线：

"这么说，你打算放我们一马？"

锻冶屋若无其事地"自言自语"道：

"毕竟一直以来你们都在蒙骗松上工务店嘛。对方要是知道，你们一直是拿无效的专利忽悠他们合作，多半会大发雷霆吧。"

米谷有气无力地问：

"也就是说，我也得一辈子保守专利申请有问题这一秘密？"

"具体怎么做还得您自行判断。对了，米谷先生，您那边应该有锻冶屋先生入职华村时的劳动合同复印件吧？真巧，我这边也有一份，所以我们也同样有办法让该项专利无效化。"

未来的工作结束了。

她拿上包离开了会议室。

在出门之前，未来又清清楚楚地补了一句：

"希望在明天之内收到贵司的答复。"

次日，米谷方面发来了正式书面答复。

米谷同意撤回其发出的全部警告函。

而其他条件，米谷也全盘接受。

6

距离黑洞节开幕还有三个小时。

今后应该不会再有机会造访以太直播了。

不出未来所料，棚町果然正经八百地鞠躬道谢：

"真的是感激不尽。"

第一工作室此刻正在进行直播，到处都能看见员工们忙前忙后的身影，现场如同运动会一般热闹。

未来微微一笑：

"大家都很忙乱的样子。"

"简直好像做梦似的。"

未来心想：现在总该可以问了吧？

于是她提了一个在意已久的问题。

"您觉得天之川托莉今年能赢吗？"

棚町的表情突然变得严肃：

"和托莉使用同样摄影系统的那些VTuber最近人气都得到了大幅提升，目前看来，人气排名靠前的参赛者也都是这群人。"

"天之川托莉现在的排名呢？"

棚町信心十足地回答道：

"第一。第二位是栀名田卡兰。"

"应贵司——应该说是应托莉的要求，这些VTuber今后也可以继续使用该摄影系统。个人觉得对贵司来说，这不算是好事吧？"

棚町微微一笑：

"这对托莉来说不是问题。"

让棚町在代理人手续费相关文件上签字后，未来站起身来，说道：

"那么本次委托到今天为止就全部结束了。目前来看，本次委托不需要后续跟进，基于已签订的合同内容，当事人也不会再有任何异议。"

棚町伸出右手，说道：

"今后如果再出现类似问题，还希望劳烦贵司帮忙。"

未来微微一笑，与他握了握手：

"当然最好是不要再出问题。"

"您要是方便的话，请务必观看本届黑洞节。"

"我一定会看的。"

走出以太直播所在的塔楼之后，未来被天之川托莉拦住了去路。

今天的托莉在紧身衣外边披了一件风衣。

未来问道：

"您在这儿偷懒不要紧吗？"

托莉有些不愉快地回答道：

"怕什么，我心里有数得很。"

看来她并不是专程过来道谢的。

托莉不太客气地问道：

"你离开前都不打算跟客户打声招呼吗？"

"我的委托人不是您，是以太直播。"

托莉凑到未来跟前说道：

"别跟我打马虎眼。"

她抱起胳膊，死死盯着未来。

无可奈何之下，未来只得看向托莉回答道：

"本次事件的起因，是有人暗地里销售某种不该在市面上流通的商品。"

"如月测绘仪器其实就是华村的换皮公司吧？真没想到居然他们才是幕后黑手。"

未来有些犹豫地回答道：

"天之川托莉这名VTuber是因为华村生产的这套摄影系

统而诞生的，所以严格来说，这套摄影系统才是真正的'幕后黑手'。"

托莉的表情蒙上了些许阴影：

"反正这不重要。"

未来继续说道：

"之前接受委托的时候，棚町先生曾要求我'保护托莉存在的自由'。您是从专利权和侵权的夹缝间诞生的奇迹产物，而棚町先生的委托内容，就是让我保护这一奇迹。"

未来将视线从托莉身上挪开，说道：

"如果这件事的真相被公之于世，就等于告诉大家，天之川托莉其实不应该存在，而这也就意味着我没有尽到自己应尽的义务。我不希望你的存在被否定，这也有违棚町先生的初衷。"

沉默随之降临。片刻之后——抑或者很久之后——托莉的笑声才打破了这份寂静。

她边笑边说：

"你犯不着为这种事情烦恼呀。我是怎么来的这事儿一点都不重要，重点在于今后将何去何从。你守护的，是我的未来。"

托莉微微一笑，继续说道：

"能决定我存在理由以及存在意义的，只有我自己。无论是我还是棚町先生，都无意让你来承担这份责任。"

托莉边朝入口走去边说：

"谢谢你。我唱歌去了。"

她突然又扭过头来，说：

"记得看黑洞节。"

说完，托莉便消失在了入口深处。

目送托莉离开后，未来的手机传来了振动。

电话是阿姚打来的。

"结束了吗？"

未来简短地回答之后，问道：

"你那边解决了吗？一直都没联络。"

"突然来了一位自称是皆川电工甲方代理人的人物。"

未来差点把手机摔地上。

"甲方指的是紫禁电气？"

阿姚语气平淡地说道：

"得飞一趟深圳。这又将是一场硬仗。"

未来以手扶额，呻吟道：

"我不是说过很多次我不想去中国吗？"

"废话少说。"

和阿姚约好在机场会合后，未来挂断了通话。

这次的黑洞节天之川托莉是最后一个出场，应该能在飞机上观看她的表演。

未来再度踏上了征途。

本故事纯属虚构，如有雷同，实属巧合。

本书原作为南原咏在第20届"这本推理小说了不起！"中的获奖作品《虚拟现实的坠落》，在付梓时做了增删与修改。